# MAIGRET A PEUR

*Maigret dans Le Livre de Poche :*

L'Affaire Saint-Fiacre
L'Ami d'enfance de Maigret
L'Amie de Madame Maigret
Au Rendez-Vous des
    Terres-Neuvas
Le Charretier de la Providence
Le Chien Jaune
La Colère de Maigret
Le Crime du Malgracieux
La Danseuse du Gai-Moulin
La Disparition d'Odile
L'Église numéro 16
La Folle de Maigret
Le Fou de Bergerac
La Guinguette à deux sous
Liberty bar
Maigret à l'école
Maigret à New York
Maigret à Vichy
Maigret au Picratts
Maigret aux assises
Maigret chez le coroner
Maigret chez le ministre
Maigret en meublé
Maigret et l'affaire Nahour
Maigret et l'homme du banc
Maigret et l'indicateur
Maigret et la Grande Perche
Maigret et la jeune morte
Maigret et la vieille dame

Maigret et le clochard
Maigret et le corps sans tête
Maigret et le marchand de vin
Maigret et le tueur
Maigret et les braves gens
Maigret et les petits cochons
    sans queue
Maigret et Monsieur Charles
Maigret et son mort
Maigret hésite
Maigret se trompe
Maigret tend un piège
Maigret voyage
Les Mémoires de Maigret
Mon Ami Maigret
Monsieur Gallet décédé
La Nuit du carrefour
L'Ombre chinoise
La Patience de Maigret
Le Pendu de Saint-Pholien
Pietr le Letton
Le Port des brumes
La Première Enquête
    de Maigret
Le Revolver de Maigret
Les Scrupules de Maigret
La Tête d'un Homme
Une Confidence de Maigret
Le Voleur de Maigret
Les Vacances de Maigret

GEORGES SIMENON

# *Maigret a peur*

PRESSES DE LA CITÉ

ISBN : 2-253-14245-X - 1ère publication - LGF
ISBN : 978-2-253-14245-4 - 1ère publication - LGF

# 1

*Le petit train sous la pluie*

Tout à coup, entre deux petites gares dont il n'aurait pu dire le nom et dont il ne vit presque rien dans l'obscurité, sinon des lignes de pluie devant une grosse lampe et des silhouettes humaines qui poussaient des chariots, Maigret se demanda ce qu'il faisait là.

Peut-être s'était-il assoupi un moment dans le compartiment surchauffé ? Il ne devait pas avoir perdu entièrement conscience car il savait qu'il était dans un train ; il en entendait le bruit monotone ; il aurait juré qu'il avait continué à voir, de loin en loin, dans l'étendue obscure des champs, les fenêtres éclairées d'une ferme isolée. Tout cela, et l'odeur de suie qui se mélangeait à celle de ses vêtements mouillés, restait réel, et aussi un murmure régulier de voix dans un compartiment voisin, mais cela perdait en quelque sorte de son actualité, cela ne se situait plus très bien dans l'espace, ni surtout dans le temps.

Il aurait pu se trouver ailleurs, dans n'importe quel petit train traversant la campagne et il aurait pu être, lui, un Maigret de quinze ans qui s'en revenait le samedi du collège par un omnibus exactement pareil à celui-ci, aux wagons antiques dont les cloisons craquaient à chaque effort de la locomotive. Avec les mêmes voix, dans la nuit, à chaque arrêt, les mêmes hommes qui s'affairaient autour du wagon de messageries, le même coup de sifflet du chef de gare.

Il entrouvrit les yeux, tira sur sa pipe qui s'était éteinte et son regard se posa sur l'homme assis dans l'autre coin du compartiment. Celui-ci aurait pu se trouver, jadis, dans le train qui le ramenait chez son père. Il aurait pu être le comte, ou le propriétaire du château, le personnage important du village ou de n'importe quelle petite ville.

Il portait un costume de golf de tweed clair et un imperméable comme on n'en voit que dans certains magasins très chers. Son chapeau était un chapeau de chasse vert, avec une minuscule plume de faisan glissée sous le ruban. Malgré la chaleur, il n'avait pas retiré ses gants fauves, car ces gens-là n'enlèvent jamais leurs gants dans un train ou dans une auto. Et, en dépit de la pluie, il n'y avait pas une tache de boue sur ses chaussures bien cirées.

Il devait avoir soixante-cinq ans. C'était déjà un vieux monsieur. N'est-il pas curieux que les hommes de cet âge-là se préoccupent tellement des détails de leur apparence ? Et qu'ils jouent encore à se distinguer du commun des mortels ?

Son teint était du rose particulier à l'espèce, avec une petite moustache d'un blanc argenté dans laquelle se dessinait le cercle jaune laissé par le cigare.

Son regard, cependant, n'avait pas toute l'assurance qu'il aurait dû avoir. De son coin, l'homme observait Maigret qui, de son côté, lui jetait de petits coups d'œil, et qui, deux ou trois fois, parut sur le point de parler. Le train repartait, sale et mouillé, dans un monde obscur semé de lumières très dispersées et parfois, à un passage à niveau, on devinait quelqu'un à bicyclette qui attendait la fin du convoi.

Est-ce que Maigret était triste ? C'était plus vague que ça. Il ne se sentait pas tout à fait dans sa peau. Et d'abord, ces trois derniers jours, il avait trop bu, parce que c'était nécessaire, mais sans plaisir.

Il s'était rendu au congrès de police international qui, cette année-là, se tenait à Bordeaux. On était en avril. Quand il avait quitté Paris, où l'hiver avait été long et monotone, on croyait le printemps tout proche. Or, à Bordeaux, il avait plu pendant les trois jours, avec un vent froid qui vous collait les vêtements au corps.

Par hasard, les quelques amis qu'il rencontrait d'habitude dans ces congrès, comme Mr Pyke, n'y étaient pas. Chaque pays semblait s'être ingénié à n'envoyer que des jeunes, des hommes de trente à quarante ans qu'il n'avait jamais vus. Ils s'étaient tous montrés très gentils pour lui, très déférents, comme on l'est avec un aîné qu'on respecte en trouvant qu'il date un peu.

Etait-ce une idée ? Ou bien la pluie qui n'en finissait pas l'avait-elle mis de mauvaise humeur ? Et tout le vin qu'ils avaient dû boire dans les caves que la Chambre de Commerce les invitait à visiter ?

— Tu t'amuses bien ? lui avait demandé sa femme au téléphone.

Il avait répondu par un grognement.

— Essaie de te reposer un peu. En partant, tu m'as paru fatigué. De toute façon, cela te changera les idées. Ne prends pas froid.

Peut-être s'était-il soudain senti vieux ? Même leurs discussions, qui portaient presque toutes sur de nouveaux procédés scientifiques, ne l'avaient pas intéressé.

Le banquet avait eu lieu la veille au soir. Ce matin, il y avait eu une dernière réception, à l'Hôtel de Ville cette fois, et un lunch largement arrosé. Il avait promis à Chabot de profiter de ce qu'il ne devait être à Paris que le lundi matin pour passer le voir à Fontenay-le-Comte.

Chabot non plus ne rajeunissait pas. Ils avaient été amis jadis quand il avait fait deux ans de médecine, à l'université de Nantes. Chabot, lui, étudiait le droit. Ils vivaient dans la même pension. Deux ou trois fois, le dimanche, il avait accompagné son ami chez sa mère, à Fontenay.

Et, depuis, à travers les années, ils s'étaient peut-être revus dix fois en tout.

— Quand viendras-tu me dire bonjour en Vendée ?

Mme Maigret s'était mise de la partie.

— Pourquoi, en revenant de Bordeaux, ne passerais-tu pas voir ton ami Chabot ?

Il aurait dû être à Fontenay depuis deux heures déjà. Il s'était trompé de train. A Niort, où il avait attendu longtemps, à boire des petits verres dans la salle d'attente, il avait hésité à téléphoner pour que Chabot vienne le prendre en voiture.

Il ne l'avait pas fait, en fin de compte, parce que, si Julien venait le chercher, il insisterait pour que

Maigret couche chez lui, et le commissaire avait horreur de dormir chez les gens.

Il descendrait à l'hôtel. Une fois là, seulement, il téléphonerait. Il avait eu tort de faire ce détour au lieu de passer chez lui, boulevard Richard-Lenoir, ces deux jours de vacances. Qui sait ? Peut-être qu'à Paris, il ne pleuvait plus et que le printemps était enfin arrivé.

— Ainsi, ils vous ont fait venir...

Il tressaillit. Sans s'en rendre compte, il avait dû continuer à regarder vaguement son compagnon de voyage et celui-ci venait de se décider à lui adresser la parole. On aurait dit qu'il en était gêné lui-même. Il croyait devoir mettre dans sa voix une certaine ironie.

— Pardon ?

— Je dis que je me doutais qu'ils feraient appel à quelqu'un comme vous.

Puis, Maigret n'ayant toujours pas l'air de comprendre :

— Vous êtes bien le commissaire Maigret ?

Le voyageur redevenait homme du monde, se soulevait sur la banquette pour se présenter :

— Vernoux de Courçon.

— Enchanté.

— Je vous ai reconnu tout de suite, pour avoir vu souvent votre photographie dans les journaux.

A la façon dont il disait cela, il avait l'air de s'excuser d'être de ceux qui lisent les journaux.

— Cela doit vous arriver souvent.

— Quoi ?

— Que les gens vous reconnaissent.

Maigret ne savait que répondre. Il n'avait pas encore les deux pieds bien d'aplomb dans la réalité.

Quant à l'homme, des gouttelettes de sueur se voyaient sur son front, comme s'il s'était mis dans une situation dont il ne savait comment se tirer à son avantage.

— C'est mon ami Julien qui vous a téléphoné ?

— Vous parlez de Julien Chabot ?

— Le juge d'instruction. Ce qui m'étonne, c'est qu'il ne m'en ait rien dit quand je l'ai rencontré ce matin.

— Je ne comprends toujours pas.

Vernoux de Courçon le regarda plus attentivement, sourcils froncés.

— Vous prétendez que c'est par hasard que vous venez à Fontenay-le-Comte ?

— Oui.

— Vous n'allez pas chez Julien Chabot ?

— Si, mais...

Tout à coup Maigret rougit, furieux contre lui-même, car il venait de répondre docilement, comme il le faisait jadis avec les gens du genre de son interlocuteur, « les gens du château ».

— Curieux, n'est-ce pas ? ironisait l'autre.

— Qu'est-ce qui est curieux ?

— Que le commissaire Maigret, qui n'a sans doute jamais mis les pieds à Fontenay...

— On vous a dit cela ?

— Je le suppose. En tout cas, on ne vous y a pas vu souvent et je n'ai jamais entendu qu'il en fût fait mention. C'est curieux, dis-je, que vous y arriviez juste au moment où les autorités sont émues par le mystère le plus abracadabrant qui...

Maigret frotta une allumette, tira à petites bouffées sur sa pipe.

— J'ai fait une partie de mes études avec Julien

Chabot, énonça-t-il calmement. Plusieurs fois, jadis, j'ai été l'hôte de sa maison de la rue Clemenceau.

— Vraiment ?

Froidement, il répéta :

— Vraiment.

— Dans ce cas, nous nous verrons sans doute demain soir, chez moi, rue Rabelais, où Chabot vient chaque samedi faire le bridge.

On s'arrêtait une dernière fois avant Fontenay. Vernoux de Courçon n'avait pas de bagages, seulement une serviette de cuir marron posée à côté de lui sur la banquette.

— Je suis curieux de voir si vous percerez le mystère. Hasard ou non, c'est une chance pour Chabot que vous soyez ici.

— Sa mère vit toujours ?

— Aussi solide que jamais.

L'homme se levait pour boutonner son imperméable, tirer sur ses gants, ajuster son chapeau. Le train ralentissait, des lumières plus nombreuses défilaient et des gens se mettaient à courir sur le quai.

— Enchanté d'avoir fait votre connaissance. Dites à Chabot que j'espère vous voir avec lui demain soir.

Maigret se contenta de répondre d'un signe de tête et ouvrit la portière, se saisit de sa valise, qui était lourde, et se dirigea vers la sortie sans regarder les gens au passage.

Chabot ne pouvait pas l'attendre à ce train-là, qu'il n'avait pris que par hasard. Du seuil de la gare, Maigret vit l'enfilade de la rue de la République où il pleuvait de plus belle.

— Taxi, monsieur ?

Il fit signe que oui.

— Hôtel de France ?

Il dit encore oui, se tassa dans son coin, maussade. Il n'était que neuf heures du soir, mais il n'y avait plus aucune animation dans la ville où seuls deux ou trois cafés restaient encore éclairés. La porte de l'Hôtel de France était flanquée de deux palmiers dans des tonneaux peints en vert.

— Vous avez une chambre ?

— A un seul lit ?

— Oui. Si c'était possible, je désirerais manger un morceau.

L'hôtel était déjà en veilleuse, comme une église après les vêpres. On dut aller s'informer à la cuisine, allumer deux ou trois lampes dans la salle à manger.

Pour ne pas monter dans sa chambre, il se lava les mains à une fontaine de porcelaine.

— Du vin blanc ?

Il était écœuré de tout le vin blanc qu'il avait dû boire à Bordeaux.

— Vous n'avez pas de bière ?

— Seulement en bouteille.

— Dans ce cas, donnez-moi du gros rouge.

On lui avait réchauffé de la soupe et on lui découpait du jambon. De sa place, il vit quelqu'un qui pénétrait, détrempé, dans le hall de l'hôtel et qui, ne trouvant personne à qui parler, jetait un coup d'œil dans la salle à manger, paraissait rassuré en apercevant le commissaire. C'était un garçon roux, d'une quarantaine d'années, avec de grosses joues colorées et des appareils photographiques en bandoulière sur son imperméable beige.

Il secoua son chapeau pour en faire tomber la pluie, s'avança.

— Vous permettez, avant tout, que je prenne une

photo ? Je suis le correspondant de l'*Ouest-Eclair*
pour la région. Je vous ai aperçu à la gare mais je
n'ai pu vous rejoindre à temps. Ainsi, ils vous ont
fait venir pour éclaircir l'affaire Courçon.

Un éclair. Un déclic.

— Le commissaire Féron ne nous avait pas parlé
de vous. Le juge d'instruction non plus.

— Je ne suis pas ici pour l'affaire Courçon.

Le garçon roux sourit, du sourire de quelqu'un qui
est du métier et à qui on ne la fait pas.

— Evidemment !

— Quoi, évidemment ?

— Vous n'êtes pas ici *officiellement*. Je comprends. N'empêche que...

— Que rien du tout !

— La preuve, c'est que Féron m'a répondu qu'il
accourait.

— Qui est Féron ?

— Le commissaire de police de Fontenay. Quand
je vous ai aperçu, à la gare, je me suis précipité dans
la cabine téléphonique et je l'ai appelé. Il m'a dit
qu'il me rejoignait ici.

— *Ici ?*

— Bien sûr. Où seriez-vous descendu ?

Maigret vida son verre, s'essuya la bouche, grommela :

— Qui est ce Vernoux de Courçon avec qui j'ai
voyagé depuis Niort ?

— Il était dans le train, en effet. C'est le beau-
frère.

— Le beau-frère de qui ?

— Du Courçon qui a été assassiné.

Un petit personnage brun de poil pénétrait à son

15

tour dans l'hôtel, repérait aussitôt les deux hommes dans la salle à manger.

— Salut, Féron ! lança le journaliste.

— Bonsoir, toi. Excusez-moi, monsieur le commissaire. Personne ne m'a annoncé votre arrivée, ce qui vous explique que je n'étais pas à la gare. Je mangeais un morceau, après une journée harassante, quand...

Il désignait le rouquin.

— Je me suis précipité et...

— Je disais à ce jeune homme, prononça Maigret en repoussant son assiette et en saisissant sa pipe, que je n'ai rien à voir avec votre affaire Courçon. Je suis à Fontenay-le-Comte, par le plus grand des hasards, pour serrer la main de mon vieil ami Chabot et...

— Il sait que vous êtes ici ?

— Il a dû m'attendre au train de quatre heures. En ne me voyant pas, sans doute s'est-il dit que je ne viendrais que demain ou que je ne viendrais pas du tout.

Maigret se levait.

— Et maintenant, si vous le permettez, je vais passer lui dire bonsoir avant d'aller me coucher.

Le commissaire de police et le reporter paraissaient aussi décontenancés l'un que l'autre.

— Vous ne savez vraiment rien ?

— Rien de rien.

— Vous n'avez pas lu les journaux ?

— Depuis trois jours, les organisateurs du congrès et la Chambre de Commerce de Bordeaux ne nous en ont pas laissé le loisir.

Ils échangeaient un coup d'œil dubitatif.

— Vous savez où habite le juge ?

16

— Mais oui. A moins que la ville ait changé depuis la dernière visite que je lui ai faite.

Ils ne se décidaient pas à le lâcher. Sur le trottoir, ils restaient debout à ses côtés.

— Messieurs, j'ai bien l'honneur de vous saluer.

Le reporter insista :

— Vous n'avez aucune déclaration pour l'*Ouest-Eclair* ?

— Aucune. Bonsoir, messieurs.

Il gagna la rue de la République, franchit le pont et, le temps qu'il mit à monter jusque chez Chabot, ne croisa pas deux personnes. Chabot habitait une maison ancienne qui, autrefois, faisait l'admiration du jeune Maigret. Elle était toujours pareille, en pierres grises, avec un perron de quatre marches et de hautes fenêtres à petits carreaux. Un peu de lumière filtrait entre les rideaux. Il sonna, entendit des pas menus sur les dalles bleues du corridor. Un judas s'ouvrit dans la porte.

— M. Chabot est chez lui ? demanda-t-il.

— Qui est-ce ?

— Le commissaire Maigret.

— C'est vous, Monsieur Maigret ?

Il avait reconnu la voix de Rose, la bonne des Chabot, qui était déjà chez eux trente ans auparavant.

— Je vous ouvre tout de suite. Attendez seulement que je retire la chaîne.

En même temps, elle criait vers l'intérieur :

— Monsieur Julien ! C'est votre ami Monsieur Maigret... Entrez, Monsieur Maigret... Monsieur Julien est allé cet après-midi à la gare... Il a été déçu de ne pas vous trouver. Comment êtes-vous venu ?

— Par le train.

— Vous voulez dire que vous avez pris l'omnibus du soir ?

Une porte s'était ouverte. Dans le faisceau de lumière orangée se tenait un homme grand et maigre, un peu voûté, qui portait un veston d'intérieur en velours marron.

— C'est toi ? disait-il.

— Mais oui. J'ai raté le bon train. Alors, j'ai pris le mauvais.

— Tes bagages ?

— Ils sont à l'hôtel.

— Tu es fou ? Il va falloir que je les fasse chercher. Il était entendu que tu descendais ici.

— Ecoute, Julien...

C'était drôle. Il devait faire un effort pour appeler son ancien camarade par son prénom et cela sonnait étrangement. Même le tutoiement qui ne venait pas tout seul.

— Entre ! J'espère que tu n'as pas dîné ?

— Mais si. A l'Hôtel de France.

— Je préviens Madame ? questionnait Rose.

Maigret intervint.

— Je suppose qu'elle est couchée ?

— Elle vient juste de monter. Mais elle ne se met pas au lit avant onze heures ou minuit. Je...

— Jamais de la vie. J'interdis qu'on la dérange. Je verrai ta mère demain matin.

— Elle ne sera pas contente.

Maigret calculait que Mme Chabot avait au moins soixante-dix-huit ans. Au fond, il regrettait d'être venu. Il n'en accrochait pas moins son pardessus lourd de pluie au portemanteau ancien, suivait Julien dans son bureau, tandis que Rose, qui avait elle-même passé la soixantaine, attendait les ordres.

— Qu'est-ce que tu prends ? Une vieille fine ?

— Si tu veux.

Rose comprit les indications muettes du juge et s'éloigna. L'odeur de la maison n'avait pas changé et c'était encore une chose qui, jadis, avait fait envie à Maigret, l'odeur d'une maison bien tenue, où les parquets sont encaustiqués et où l'on fait de la bonne cuisine.

Il aurait juré qu'aucun meuble n'avait changé de place.

— Assieds-toi. Je suis content de te voir...

Il aurait été tenté de dire que Chabot, lui non plus, n'avait pas changé. Il reconnaissait ses traits, son expression. Comme chacun avait vieilli de son côté, Maigret se rendait mal compte du travail des années. Il n'en était pas moins frappé par quelque chose de terne, d'hésitant, d'un peu veule, qu'il n'avait jamais remarqué chez son ami.

Etait-il comme cela jadis ? Etait-ce Maigret qui ne s'en était pas aperçu ?

— Cigare ?

Il y en avait une pile de boîtes sur la cheminée.

— Toujours la pipe.

— C'est vrai. J'avais oublié. Moi, il y a douze ans que je ne fume plus.

— Ordre du médecin ?

— Non. Un beau jour, je me suis dit que c'était idiot de faire de la fumée et...

Rose entrait avec un plateau sur lequel il y avait une bouteille couverte d'une fine poussière de cave et un seul verre de cristal.

— Tu ne bois plus non plus ?

— J'ai cessé à la même époque. Juste un peu de vin coupé d'eau aux repas. Toi, tu n'as pas changé.

— Tu trouves ?

— Tu parais jouir d'une santé magnifique. Cela me fait vraiment plaisir que tu sois venu.

Pourquoi n'avait-il pas l'air tout à fait sincère ?

— Tu m'as promis si souvent de passer par ici, pour t'excuser au dernier moment, que je t'avoue que je ne comptais pas trop sur toi.

— Tout arrive, tu vois !

— Ta femme ?

— Va bien.

— Elle ne t'a pas accompagné ?

— Elle n'aime pas les congrès.

— Cela s'est bien passé ?

— On a beaucoup bu, beaucoup parlé, beaucoup mangé.

— Moi, je voyage de moins en moins.

Il baissa la voix, car on entendait des pas à l'étage supérieur.

— Avec ma mère, c'est difficile. D'autre part, je ne peux plus la laisser seule.

— Elle est toujours aussi solide ?

— Elle ne change pas. Sa vue, seulement, faiblit un peu. Cela la désole de ne plus pouvoir enfiler ses aiguilles, mais elle s'obstine à ne pas porter de lunettes.

On sentait qu'il pensait à autre chose en regardant Maigret un peu de la même façon que Vernoux de Courçon le regardait dans le train.

— Tu es au courant ?

— De quoi ?

— De ce qui se passe ici.

— Il y a presque une semaine que je n'ai pas lu les journaux. Mais j'ai voyagé tout à l'heure avec

20

un certain Vernoux de Courçon qui se prétend ton ami.

— Hubert ?

— Je ne sais pas. Un homme dans les soixante-cinq ans.

— C'est Hubert.

Aucun bruit ne venait de la ville. On entendait seulement la pluie qui battait les vitres et, de temps en temps, le craquement des bûches dans l'âtre. Le père de Julien Chabot était déjà juge d'instruction à Fontenay-le-Comte et le bureau n'avait pas changé quand son fils s'y était assis à son tour.

— Dans ce cas, on a dû te raconter...

— Presque rien. Un journaliste s'est précipité sur moi avec son appareil photographique dans la salle à manger de l'hôtel.

— Un roux ?

— Oui.

— C'est Lomel. Qu'est-ce qu'il t'a dit ?

— Il était persuadé que j'étais ici pour m'occuper de je ne sais quelle affaire. Je n'avais pas eu le temps de l'en dissuader que le commissaire de police arrivait à son tour.

— En somme, à l'heure qu'il est, toute la ville sait que tu es ici ?

— Cela t'ennuie ?

Chabot parvint juste à cacher son hésitation.

— Non... seulement...

— Seulement quoi ?

— Rien. C'est fort compliqué. Tu n'as jamais vécu dans une ville sous-préfecture comme Fontenay.

— J'ai habité Luçon plus d'un an, tu sais !

— Il n'y a pas eu d'affaire dans le genre de celle que j'ai sur les bras.

— Je me souviens d'un certain assassinat, à l'Aiguillon...

— C'est vrai. J'oubliais.

Il s'agissait d'une affaire, justement, au cours de laquelle Maigret s'était vu obligé d'arrêter comme assassin un ancien magistrat que tout le monde considérait comme tout à fait respectable.

— Ce n'est quand même pas aussi grave. Tu verras cela demain matin. Je serais surpris si les journalistes de Paris ne nous arrivaient pas par le premier train.

— Un meurtre ?

— Deux.

— Le beau-frère de Vernoux de Courçon ?

— Tu vois que tu es au courant !

— C'est tout ce qu'on m'a dit.

— Son beau-frère, oui, Robert de Courçon, qui a été assassiné voilà quatre jours. Rien que cela aurait suffi à faire du bruit. Avant-hier, c'était le tour de la veuve Gibon.

— Qui est-ce ?

— Personne d'important. Au contraire. Une vieille femme qui vivait seule tout au bout de la rue des Loges.

— Quel rapport entre les deux crimes ?

— Tous les deux ont été commis de la même manière, sans doute avec la même arme.

— Revolver ?

— Non. Un objet contondant, comme nous disons dans les rapports. Un morceau de tuyau de plomb, ou un outil dans le genre d'une clef anglaise.

— C'est tout ?

22

— Ce n'est pas assez ?... Chut !

La porte s'ouvrait sans bruit et une femme toute petite, toute maigre, vêtue de noir, s'avançait la main tendue.

— C'est vous, Jules !

Depuis combien d'années personne ne l'appelait-il plus ainsi ?

— Mon fils est allé à la gare. En rentrant, il m'a affirmé que vous ne viendriez plus et je suis montée. On ne vous a pas servi à dîner ?

— Il a dîné à l'hôtel, maman.

— Comment, à l'hôtel ?

— Il est descendu à l'Hôtel de France. Il refuse de...

— Jamais de la vie ! Je ne vous permettrai pas de...

— Ecoutez, madame. Il est d'autant plus souhaitable que je reste à l'hôtel que les journalistes sont déjà après moi. Si j'acceptais votre invitation, demain matin, sinon ce soir, ils seraient pendus à votre sonnette. Mieux vaut, d'ailleurs, qu'on ne prétende pas que je suis ici sur la demande de votre fils...

C'était ça, au fond, qui chiffonnait le juge, et Maigret en voyait la confirmation sur son visage.

— On le dira quand même !

— Je le nierai. Cette affaire, ou plutôt ces affaires, ne me regardent pas. Je n'ai nullement l'intention de m'en occuper.

Chabot avait-il craint qu'il se mêle de ce qui ne le regardait pas ? Ou bien s'était-il dit que Maigret, avec ses méthodes parfois quelque peu personnelles, pourrait le mettre dans une situation délicate ?

Le commissaire tombait à un mauvais moment.

— Je me demande, maman, si Maigret n'a pas raison.

Et, tourné vers son ancien ami :

— Vois-tu, il ne s'agit pas d'une enquête comme une autre. Robert de Courçon, qui a été assassiné, était un homme connu, plus ou moins apparenté à toutes les grandes familles de la région. Son beau-frère Vernoux est un personnage en vue, lui aussi. Après le premier crime, des bruits ont commencé à courir. Puis la veuve Gibon a été assassinée, et cela a changé quelque peu le cours des racontars. Mais...

— Mais... ?

— C'est difficile à t'expliquer. Le commissaire de police s'occupe de l'enquête. C'est un brave homme, qui connaît la ville, encore qu'il soit du Midi, d'Arles, je crois. La brigade mobile de Poitiers est sur les lieux aussi. Enfin, de mon côté...

La vieille dame s'était assise, comme en visite, sur le bord d'une chaise, et écoutait parler son fils comme elle eût écouté le sermon à la grand-messe.

— Deux assassinats en trois jours, c'est beaucoup, dans une ville de huit mille habitants. Il y a des gens qui prennent peur. Ce n'est pas seulement à cause de la pluie que, ce soir, on ne rencontre personne dans les rues.

— Que pense la population ?

— Certains prétendent qu'il s'agit d'un fou.

— Il n'y a pas eu vol ?

— Dans aucun des deux cas. Et, dans les deux cas, l'assassin a pu se faire ouvrir la porte sans que ses victimes se méfient. C'est une indication. C'est même à peu près la seule que nous possédions.

— Pas d'empreintes ?

— Aucune. S'il s'agit d'un fou, il commettra sans doute d'autres meurtres.

— Je vois. Et toi, qu'est-ce que tu penses ?

— Rien. Je cherche. Je suis troublé.

— Par quoi ?

— C'est encore trop confus pour que je puisse l'expliquer. J'ai une terrible responsabilité sur les épaules.

Il disait cela à la façon d'un fonctionnaire accablé. Et c'était bien un fonctionnaire que Maigret avait maintenant devant lui, un fonctionnaire de petite ville qui vit dans la terreur du faux pas.

Est-ce que le commissaire était devenu comme ça avec l'âge, lui aussi ? A cause de son ami, il se sentait vieillir.

— Je me demande si je ne ferais pas mieux de reprendre le premier train pour Paris. En définitive, je ne suis passé par Fontenay que pour te serrer la main. C'est fait. Ma présence ici risque de te créer des complications.

— Que veux-tu dire ?

Le premier mouvement de Chabot n'avait pas été de protester.

— Déjà le rouquin et le commissaire de police sont persuadés que c'est toi qui m'as appelé à la rescousse. On va prétendre que tu as peur, que tu ne sais comment t'en tirer, que...

— Mais non.

Le juge repoussait mollement cette idée.

— Je ne te permettrai pas de t'en aller. J'ai quand même le droit de recevoir mes amis comme bon me semble.

— Mon fils a raison, Jules. Et je crois, quant à moi, qu'il faut que vous habitiez chez nous.

— Maigret préfère avoir ses mouvements libres, pas vrai ?

— J'ai mes habitudes.

— Je n'insiste pas.

— Il n'en sera pas moins préférable que je parte demain matin.

Peut-être Chabot allait-il accepter ? La sonnerie du téléphone retentit et cette sonnerie-là n'était pas la même qu'ailleurs, elle avait un son vieillot.

— Tu permets ?

Chabot décrocha.

— Le juge d'instruction Chabot à l'appareil.

La façon dont il disait cela était encore un signe et Maigret s'efforça de ne pas sourire.

— Qui ?... Ah ! oui... Je vous écoute, Féron... Comment ?... Gobillard ?... Où ?... Au coin du Champ-de-Mars et de la rue... je viens tout de suite... oui... Il est ici... Je ne sais pas... Qu'on ne touche à rien en m'attendant...

Sa mère le regardait, une main sur la poitrine.

— Encore ? balbutia-t-elle.

Il fit signe que oui.

— Gobillard.

Il expliqua à Maigret :

— Un vieil ivrogne que tout le monde connaît à Fontenay, car il passe la plus grande partie de ses journées à pêcher à la ligne près du pont. On vient de le trouver sur le trottoir, mort.

— Assassiné ?

— Le crâne fracassé, comme les deux autres, vraisemblablement avec le même instrument.

Il s'était levé, avait ouvert la porte, décrochait au portemanteau un vieux trench-coat et un chapeau déformé qui ne devait lui servir que les jours de pluie.

— Tu viens ?

— Tu penses que je dois t'accompagner ?

— Maintenant qu'on sait que tu es ici, on se demanderait pourquoi je ne t'emmène pas. Deux crimes, c'était beaucoup. Avec un troisième, la population va être terrorisée.

Au moment où ils sortaient, une petite main nerveuse saisit la manche de Maigret et la vieille maman souffla à son oreille :

— Veillez bien sur lui, Jules ! Il est tellement consciencieux qu'il ne se rend pas compte du danger.

## 2

### *Le marchand de peaux de lapins*

A ce degré d'obstination, de violence, la pluie n'était plus seulement de la pluie, le vent du vent glacé, cela devenait une méchanceté des éléments, et tout à l'heure, sur le quai mal abrité de la gare de Niort, harassé par cet hiver dont les dernières convulsions n'en finissaient pas, Maigret avait pensé à une bête qui ne veut pas mourir et qui s'acharne à mordre, jusqu'au bout.

Cela ne valait plus la peine de se protéger. Il n'y avait pas seulement l'eau du ciel, mais celle qui tombait des gouttières en grosses gouttes froides, et il en dégoulinait sur les portes des maisons, le long des trottoirs où des ruisseaux faisaient un bruit de torrent, on avait de l'eau partout, sur le visage, dans le cou, dans les chaussures et jusque dans les poches des vêtements qui ne parvenaient plus à sécher entre deux sorties.

Ils marchaient contre le vent, sans parler, penchés en avant, le juge dans son vieil imperméable dont les pans avaient des claquements de drapeau, Maigret dans son pardessus qui pesait cent kilos, et, après quelques pas, le tabac s'éteignit avec un grésillement dans la pipe du commissaire.

Par-ci par-là, on voyait une fenêtre éclairée, mais pas beaucoup. Après le pont, ils passèrent devant les vitres du Café de la Poste et eurent conscience que des gens les regardaient par-dessus les rideaux ; la porte s'ouvrit, après qu'ils se furent éloignés, et ils entendirent des pas, des voix derrière eux.

Le meurtre avait eu lieu tout près de là. A Fontenay, rien n'est jamais bien loin et il est le plus souvent inutile de sortir sa voiture du garage. Une courte rue s'amorçait à droite, reliant la rue de la République au Champ-de-Mars. Devant la troisième ou la quatrième maison, un groupe se tenait sur le trottoir, près des lanternes d'une ambulance, certains portant une lampe de poche à bout de bras.

Un petit homme se détacha, le commissaire Féron, qui faillit commettre la gaffe de s'adresser à Maigret plutôt qu'à Chabot.

— Je vous ai téléphoné tout de suite, du Café de la Poste. J'ai également téléphoné au procureur.

Une forme humaine était couchée en travers du trottoir, une main pendait dans le ruisseau, et on voyait le clair de la peau entre les souliers noirs et le bas du pantalon : Gobillard, le mort, ne portait pas de chaussettes. Son chapeau gisait à un mètre de lui. Le commissaire braqua sa lampe électrique vers le visage et, comme Maigret se penchait en même temps que le juge, il y eut un éclair, un déclic, puis la voix du journaliste roux qui demandait :

— Encore une, s'il vous plaît. Rapprochez-vous, Monsieur Maigret.

Le commissaire recula en grognant. Près du corps, deux ou trois personnes le regardaient, puis, bien à part, à cinq ou six mètres, il y avait un second groupe, plus nombreux, où l'on parlait à mi-voix.

Chabot questionnait, à la fois officiel et excédé :

— Qui l'a découvert ?

Et Féron répondait en désignant une des silhouettes les plus proches :

— Le docteur Vernoux.

Est-ce que celui-là aussi appartenait à la famille de l'homme du train ? Autant qu'on en pouvait juger dans l'obscurité, il était beaucoup plus jeune. Peut-être trente-cinq ans ? Il était grand, avec un long visage nerveux, portait des lunettes sur lesquelles glissaient des gouttes de pluie.

Chabot et lui se serraient la main de la façon machinale des gens qui se rencontrent tous les jours et même plusieurs fois par jour.

Le docteur expliquait à mi-voix :

— Je me rendais chez un ami, de l'autre côté de la place. J'ai aperçu quelque chose sur le trottoir. Je me suis penché. Il était déjà mort. Pour gagner du temps, je me suis précipité au Café de la Poste d'où j'ai téléphoné au commissaire.

D'autres visages entraient les uns après les autres dans le rayon des lampes électriques, avec toujours des hachures de pluie qui les auréolaient.

— Vous êtes là, Jussieux ?

Poignée de main. Ces gens-là se connaissaient comme les élèves d'une même classe à l'école.

— Je me trouvais justement au café. Nous faisions un bridge et nous sommes tous venus...

Le juge se souvint de Maigret qui se tenait à l'écart, présenta :

— Le docteur Jussieux, un ami. Commissaire Maigret...

Jussieux expliquait :

— Même procédé que pour les deux autres. Un coup violent sur le sommet du crâne. L'arme a légèrement glissé vers la gauche cette fois. Gobillard a été attaqué de face, lui aussi, sans rien tenter pour se protéger.

— Ivre ?

— Vous n'avez qu'à vous pencher et renifler. A cette heure-ci, d'ailleurs, comme vous le connaissez...

Maigret écoutait d'une oreille distraite. Lomel, le journaliste roux, qui venait de prendre un second cliché, essayait de l'attirer à l'écart. Ce qui frappait le commissaire était assez difficilement définissable.

Le plus petit des deux groupes, celui qui se tenait près du cadavre, paraissait n'être composé que de gens qui se connaissaient, qui appartenaient à un milieu déterminé : le juge, les deux médecins, les hommes qui, sans doute, jouaient tout à l'heure au bridge avec le docteur Jussieux et qui tous devaient être des notables de l'endroit.

L'autre groupe, moins en lumière, ne gardait pas le même silence. Sans manifester à proprement parler, il laissait sourdre une certaine hostilité. Il y eut même deux ou trois ricanements.

Une auto sombre vint se ranger derrière l'ambulance et un homme en sortit, qui s'arrêta net en reconnaissant Maigret.

— Vous êtes ici, patron !

Cela ne paraissait pas l'enchanter de rencontrer le commissaire. C'était Chabiron, un inspecteur de la

Mobile attaché depuis quelques années à la brigade de Poitiers.

— Ils vous ont fait venir ?

— Je suis ici par hasard.

— Cela s'appelle tomber à pic, hein ?

Lui aussi ricanait.

— J'étais en train de patrouiller la ville avec ma bagnole, ce qui explique que cela ait pris du temps de m'avertir. Qui est-ce ?

Féron, le commissaire de police, lui expliquait :

— Un certain Gobillard, un type qui fait le tour de Fontenay une fois ou deux par semaine pour ramasser les peaux de lapins. C'est lui aussi qui rachète les peaux de bœufs et de moutons à l'abattoir municipal. Il a une charrette et un vieux cheval et il habite une bicoque en dehors de la ville. Il passe le plus clair de son temps à pêcher près du pont en se servant des appâts les plus dégoûtants, de la moelle, des boyaux de poulets, du sang coagulé...

Chabiron devait être pêcheur.

— Il prend du poisson ?

— Il est à peu près le seul à en prendre. Le soir, il va de bistrot en bistrot, buvant dans chacun une chopine de rouge jusqu'à ce qu'il ait son compte.

— Jamais de pétard ?

— Jamais.

— Marié ?

— Il vit seul avec son cheval et des quantités de chats.

Chabiron se tourna vers Maigret :

— Qu'est-ce que vous en pensez, patron ?

— Je n'en pense rien.

— Trois en une semaine, ce n'est pas mal pour un patelin comme celui-ci.

— Qu'est-ce qu'on en fait ? demandait Féron au juge.

— Je ne pense pas qu'il soit nécessaire d'attendre le procureur. Il n'était pas chez lui ?

— Non. Sa femme essaie de le toucher par téléphone.

— Je crois qu'on peut transporter le corps à la morgue.

Il se tourna vers le docteur Vernoux.

— Vous n'avez rien vu d'autre, rien entendu ?

— Rien. Je marchais vite, les mains dans les poches. J'ai presque buté sur lui.

— Votre père est chez lui ?

— Il est rentré ce soir de Niort ; il dînait quand je suis parti.

Autant que Maigret pouvait comprendre, c'était le fils du Vernoux de Courçon avec qui il avait voyagé dans le petit train.

— Vous pouvez l'emporter, vous autres.

Le journaliste ne lâchait pas Maigret.

— Est-ce que vous allez vous en occuper, cette fois ?

— Certainement pas.

— Pas même à titre privé ?

— Non.

— Vous n'êtes pas curieux ?

— Non.

— Vous croyez, vous aussi, à des crimes de fou ?

Chabot et le docteur Vernoux, qui avaient entendu, se regardèrent, toujours avec cet air d'appartenir à un même clan, de se connaître si bien qu'il n'est plus besoin de mots.

C'était naturel. Cela existe partout. Rarement, néanmoins, Maigret avait eu à ce point l'impression d'une coterie. Dans une petite ville comme celle-ci, évidemment, il y a les notables, peu nombreux, qui, par la force des choses, se rencontrent, ne serait-ce que dans la rue, plusieurs fois par jour.

Puis il y a les autres, ceux, par exemple, qui se tenaient groupés à l'écart et qui ne paraissaient pas contents.

Sans que le commissaire eût rien demandé, l'inspecteur Chabiron lui expliquait :

— Nous étions venus à deux. Levras, qui m'accompagnait, a dû partir ce matin parce que sa femme attend un bébé d'un moment à l'autre. Je fais ce que je peux. Je prends l'affaire par tous les bouts à la fois. Mais, pour ce qui est de faire parler ces gens-là...

C'était le premier groupe, celui des notables, que son menton désignait. Sa sympathie allait visiblement aux autres.

— Le commissaire de police, lui aussi, fait son possible. Il ne dispose que de quatre agents. Ils ont travaillé toute la journée. Combien en avez-vous en patrouille à ce moment, Féron ?

— Trois.

Comme pour confirmer ses dires, un cycliste en uniforme s'arrêtait au bord du trottoir et secouait la pluie de ses épaules.

— Rien ?

— J'ai vérifié l'identité de la demi-douzaine de personnes que j'ai rencontrées. Je vous donnerai la liste. Toutes avaient une bonne raison d'être dehors.

— Tu remontes un instant chez moi ? demanda Chabot à Maigret.

Il hésita. S'il le fit, c'est qu'il avait envie de boire

quelque chose pour se réchauffer et qu'il s'attendait à ne plus rien trouver à l'hôtel.

— Je fais le chemin avec vous, annonça le docteur Vernoux. A moins que je vous dérange ?

— Pas du tout.

Cette fois, ils avaient le vent dans le dos et pouvaient parler. L'ambulance s'était éloignée avec le corps de Gobillard et on voyait son feu rouge du côté de la place Viète.

— Je ne vous ai guère présentés. Vernoux est le fils d'Hubert Vernoux que tu as rencontré dans le train. Il a fait sa médecine mais ne pratique pas et est surtout intéressé par des recherches.

— Des recherches !... protesta vaguement le médecin.

— Il a été deux ans interne à Sainte-Anne, se passionne pour la psychiatrie et, deux ou trois fois par semaine, se rend à l'asile d'aliénés de Niort.

— Vous croyez que ces trois crimes sont l'œuvre d'un fou ? questionna Maigret, plutôt par politesse.

Ce qu'on venait de lui dire n'était pas pour lui rendre Vernoux sympathique, car il n'appréciait guère les amateurs.

— C'est plus que probable, sinon certain.

— Vous connaissez des fous à Fontenay ?

— Il en existe partout mais, le plus souvent, on ne les découvre qu'au moment de la crise.

— Je suppose que cela ne pourrait pas être une femme ?

— Pourquoi ?

— A cause de la force avec laquelle, chaque fois, les coups ont été portés. Il ne doit pas être facile de tuer, en trois occasions, de cette façon-là, sans jamais avoir besoin de s'y reprendre.

— D'abord, beaucoup de femmes sont aussi vigoureuses que des hommes. Ensuite quand il s'agit de fous...

Ils étaient déjà arrivés.

— Rien à dire, Vernoux ?

— Pas pour le moment.

— Je vous verrai demain ?

— Presque sûrement.

Chabot chercha la clef dans sa poche. Dans le corridor, Maigret et lui s'ébrouèrent pour faire tomber la pluie de leurs vêtements et il y en eut tout de suite des traînées sur les dalles. Les deux femmes, la mère et la bonne, attendaient dans un petit salon trop peu éclairé qui donnait sur la rue.

— Vous pouvez aller vous coucher, maman. Il n'y a rien à faire d'autre cette nuit, que de demander à la gendarmerie de faire patrouiller les hommes disponibles.

Elle finit par se décider à monter.

— Je suis vraiment humiliée que vous ne couchiez pas chez nous, Jules !

— Je vous promets que, si je reste plus de vingt-quatre heures, ce dont je doute, je ferai appel à votre hospitalité.

Ils retrouvèrent l'air immobile du bureau, où la bouteille de fine était toujours à sa place. Maigret se servit, alla se camper le dos au feu, son verre à la main.

Il sentait que Chabot était mal à son aise, que c'était pour cela qu'il l'avait ramené. Avant tout, le juge téléphonait à la gendarmerie.

— C'est vous, lieutenant ? Vous étiez couché ? Je suis navré de vous déranger à cette heure...

Une horloge au cadran mordoré, sur lequel on distinguait à peine les aiguilles, marquait onze heures et demie.

— Encore un, oui... Gobillard... Dans la rue, cette fois... Et de face, oui... On l'a déjà transporté à la morgue... Jussieux doit être en train de pratiquer l'autopsie, mais il n'y a pas de raison qu'elle nous apprenne quoi que ce soit... Vous avez des hommes sous la main ?... Je crois qu'il serait bon qu'ils patrouillent la ville, pas tant cette nuit que dès les premières heures, de façon à rassurer les habitants... Vous comprenez ?... Oui... Je l'ai senti tout à l'heure aussi... Merci, lieutenant.

En raccrochant, il murmura :

— Un charmant garçon, qui a passé par Saumur...

Il dut se rendre compte de ce que cela signifiait — toujours une question de clan ! — et rougit légèrement.

— Tu vois ! Je fais ce que je peux. Cela doit te sembler enfantin. Nous te donnons sans doute l'impression de lutter avec des fusils de bois. Mais nous ne disposons pas d'une organisation comme celle à laquelle tu es habitué à Paris. Pour les empreintes digitales, par exemple, je suis chaque fois obligé de faire venir un expert de Poitiers. Ainsi pour tout. La police locale est plus habituée à de menues contraventions qu'à des crimes. Les inspecteurs de Poitiers, eux, ne connaissent pas les gens de Fontenay...

Il reprit après un silence :

— J'aurais autant aimé, à trois ans de la retraite, ne pas avoir une affaire comme celle-là sur le dos. Au fait, nous avons à peu près le même âge. Toi aussi, dans trois ans...

— Moi aussi.

38

— Tu as des plans ?

— J'ai même déjà acheté une petite maison à la campagne, sur les bords de la Loire.

— Tu t'ennuieras.

— Tu t'ennuies ici ?

— Ce n'est pas la même chose. J'y suis né. Mon père y est né. Je connais tout le monde.

— La population ne paraît pas contente.

— Tu es à peine arrivé et tu as déjà compris ça ? C'est vrai. Je crois que c'est inévitable. Un crime, passe encore. Surtout le premier.

— Pourquoi ?

— Parce qu'il s'agissait de Robert de Courçon.

— On ne l'aimait pas ?

Le juge ne répondit pas tout de suite. Il semblait choisir d'abord ses mots.

— En réalité, les gens de la rue le connaissaient peu, sinon pour le voir passer.

— Marié ? des enfants ?

— Un vieux célibataire. Un original, mais un type bien. S'il n'y avait eu que lui, la population serait restée assez froide. Juste la petite excitation qui accompagne toujours un crime. Mais, coup sur coup, il y a eu la vieille Gibon, et maintenant Gobillard. Demain, je m'attends...

— Cela a commencé.

— Quoi ?

— Le groupe qui se tenait à l'écart, des gens de la rue, je suppose, et ceux qui sont sortis du Café de la Poste, m'ont paru plutôt hostiles.

— Cela ne va pas jusque-là. Cependant...

— La ville est très à gauche ?

— Oui et non. Ce n'est pas tout à fait cela non plus.

— Elle n'aime pas les Vernoux ?

— On te l'a dit ?

Pour gagner du temps, Chabot questionna :

— Tu ne t'assieds pas ? Encore un verre ? Je vais essayer de t'expliquer. Ce n'est pas facile. Tu connais la Vendée, ne serait-ce que de réputation. Longtemps, ceux qui faisaient parler d'eux ont été les propriétaires de châteaux, des comtes, des vicomtes, des petits « de » qui vivaient entre eux et formaient une société fermée. Ils existent encore, presque tous ruinés, et ne comptent plus guère. D'aucuns n'en continuent pas moins à porter beau et on les regarde avec une certaine pitié. Tu comprends ?

— C'est pareil dans toutes les campagnes.

— Maintenant, ce sont les autres qui ont pris leur place.

— Vernoux ?

— Toi qui l'as vu, devine ce que faisait son père.

— Pas la moindre idée ! Comment veux-tu ?...

— Marchand de bestiaux. Le grand-père était valet de ferme. Le père Vernoux rachetait le bétail dans la région, et l'acheminait vers Paris, par troupeaux entiers, le long des routes. Il a gagné beaucoup d'argent. C'était une brute, toujours à moitié ivre, et il est d'ailleurs mort du *delirium tremens*. Son fils...

— Hubert ? Celui du train ?

— Oui. On l'a envoyé au collège. Je crois qu'il a fait un an d'université. Dans les dernières années de sa vie, le père s'était mis à acheter des fermes et des terres en même temps que des bêtes et c'est ce métier-là qu'Hubert a continué.

— En somme, c'est un marchand de biens.

— Oui. Il a ses bureaux près de la gare, la grosse

maison en pierre de taille, c'est là qu'il habitait avant de se marier.

— Il a épousé une fille de château ?

— D'une façon, oui. Mais pas tout à fait non plus. C'était une Courçon. Cela t'intéresse ?

— Bien sûr !

— Cela te donnera une idée plus juste de la ville. Les Courçon s'appelaient en réalité Courçon-Lagrange. A l'origine, ce n'étaient même que des Lagrange, qui ont ajouté Courçon à leur nom quand ils ont racheté le château de Courçon. Cela se passait il y a trois ou quatre générations. Je ne sais plus ce que le fondateur de la dynastie vendait. Sans doute des bestiaux, lui aussi, ou de la ferraille. Mais c'était oublié à l'époque où Hubert Vernoux est entré en scène. Les enfants et les petits-enfants ne travaillaient plus. Robert de Courçon, celui qui a été assassiné, était admis par l'aristocratie et il était l'homme le plus calé de la contrée en matière de blasons. Il a écrit plusieurs ouvrages sur le sujet. Il avait deux sœurs, Isabelle et Lucile. Isabelle a épousé Vernoux qui, du coup, a signé Vernoux de Courçon. Tu m'as suivi ?

— Ce n'est pas trop difficile ! Je suppose qu'au moment de ce mariage-là les Courçon avaient redescendu la pente et se trouvaient sans argent ?

— A peu près. Il leur restait un château hypothéqué dans la forêt de Mervent et l'hôtel particulier de la rue Rabelais qui est la plus belle demeure de la ville et qu'on a maintes fois voulu classer comme monument historique. Tu la verras.

— Hubert Vernoux est toujours marchand de biens ?

— Il a de grosses charges. Emilie, la sœur aînée

de sa femme, vit avec eux. Son fils, Alain, le docteur, que tu viens de rencontrer, refuse de pratiquer et se livre à des recherches qui ne rapportent rien.

— Marié ?

— Il a épousé une demoiselle de Cadeuil, de la vraie noblesse, celle-ci, qui lui a déjà donné trois enfants. Le plus jeune a huit mois.

— Ils vivent avec le père ?

— La maison est suffisamment grande, tu t'en rendras compte. Ce n'est pas tout. En plus d'Alain, Hubert a une fille, Adeline, qui a épousé un certain Paillet, rencontré pendant des vacances à Royan. Ce qu'il fait dans la vie, je l'ignore, mais je crois savoir que c'est Hubert Vernoux qui subvient à leurs besoins. Ils vivent le plus souvent à Paris. De temps en temps, ils apparaissent pour quelques jours ou quelques semaines et je suppose que cela signifie qu'ils sont à sec. Tu comprends maintenant ?

— Qu'est-ce que je dois comprendre ?

Chabot eut un sourire morose qui, pour un instant, rappela à Maigret son camarade d'antan.

— C'est vrai. Je te parle comme si tu étais d'ici. Tu as vu Vernoux. Il est plus hobereau que tous les hobereaux de la contrée. Quant à sa femme et la sœur de sa femme, elles semblent lutter d'ingéniosité pour se rendre odieuses au commun des mortels. Tout cela constitue un clan.

— Et ce clan ne fréquente qu'un petit nombre de gens.

Chabot rougit pour la seconde fois ce soir-là.

— Fatalement, murmura-t-il, un peu comme un coupable.

— De sorte que les Vernoux, les Courçon et leurs amis deviennent, dans la ville, un monde à part.

— Tu as deviné. De par ma situation, je suis obligé de les voir. Et, au fond, ils ne sont pas aussi odieux qu'ils paraissent. Hubert Vernoux, par exemple, est en réalité, je le jurerais, un homme accablé de soucis. Il a été très riche. Il l'est moins et je me demande même s'il l'est encore, car, depuis que la plupart des fermiers sont devenus propriétaires, le commerce de la terre n'est plus ce qu'il était, Hubert est écrasé de charges, se doit d'entretenir tous les siens. Quant à Alain, que je connais mieux, c'est un garçon hanté par une idée fixe.

— Laquelle ?

— Il est préférable que tu le saches. Tu sauras du même coup pourquoi, tout à l'heure, dans la rue, lui et moi avons échangé un regard inquiet. Je t'ai dit que le père d'Hubert Vernoux est mort du *delirium tremens*. Du côté de la mère, c'est-à-dire des Courçon, les antécédents ne sont pas meilleurs. Le vieux Courçon s'est suicidé dans des circonstances assez mystérieuses que l'on a tenues secrètes. Hubert avait un frère, Basile, dont on ne parle jamais, et qui s'est tué à l'âge de dix-sept ans. Il paraît que, si loin qu'on remonte, on trouve des fous ou des excentriques dans la famille.

Maigret écoutait en fumant sa pipe à bouffées paresseuses, trempant parfois les lèvres dans son verre.

— C'est la raison pour laquelle Alain a étudié la médecine et est entré comme interne à Sainte-Anne. On prétend, et c'est plausible, que la plupart des médecins se spécialisent dans les maladies dont ils se croient menacés.

» Alain est hanté par l'idée qu'il appartient à une famille de fous. D'après lui, Lucile, sa tante, est à moitié folle. Il ne me l'a pas dit, mais je suis persuadé qu'il épie, non seulement son père et sa mère, mais ses propres enfants.

— Cela se sait dans le pays ?

— Certains en parlent. Dans les petites villes, on parle toujours beaucoup, et avec méfiance, des gens qui ne vivent pas tout à fait comme les autres.

— On en a parlé particulièrement après le premier crime ?

Chabot n'hésita qu'une seconde, fit oui de la tête.

— Pourquoi ?

— Parce qu'on savait, ou qu'on croyait savoir, qu'Hubert Vernoux et son beau-frère Courçon ne s'entendaient pas. Peut-être aussi parce qu'ils habitaient juste en face l'un de l'autre.

— Ils se voyaient ?

Chabot eut un petit rire du bout des dents.

— Je me demande ce que tu vas penser de nous. Il ne me semble pas qu'à Paris de pareilles situations puissent exister.

Le juge d'instruction avait honte, en somme, d'un milieu qui était un peu le sien, puisqu'il y vivait d'un bout de l'année à l'autre.

— Je t'ai dit que les Courçon étaient ruinés quand Isabelle a épousé Hubert Vernoux. C'est Hubert qui a fait une pension à son beau-frère Robert. Et Robert ne le lui a jamais pardonné. Quand il parlait de lui, il disait avec ironie :

» — *Mon beau-frère le millionnaire.*

» Ou encore :

» — *Je vais le demander au Riche-Homme.*

» Il ne mettait pas les pieds dans la grande maison de la rue Rabelais dont, par ses fenêtres, il pouvait suivre toutes les allées et venues. Il habitait, en face, une maison plus petite, mais décente, où une femme de ménage venait chaque matin. Il cirait ses bottes et préparait ses repas lui-même, mettait de l'ostentation à faire son marché, vêtu comme un châtelain en tournée sur ses terres, et semblait porter comme un trophée des bottes de poireaux ou d'asperges. Il devait s'imaginer qu'il mettait Hubert en rage.

— Hubert enrageait-il ?

— Je ne sais pas. C'est possible. Il ne continuait pas moins à l'entretenir. Plusieurs fois, on les a vus, quand ils se rencontraient dans la rue, échanger des propos aigres-doux. Un détail qui ne s'invente pas : Robert de Courçon ne fermait jamais les rideaux de ses fenêtres, de sorte que la famille d'en face le voyait vivre toute la journée. Certains prétendent qu'il lui arrivait de leur tirer la langue.

» De là à prétendre que Vernoux s'était débarrassé de lui, ou l'avait assommé dans un moment de colère...

— On l'a prétendu ?

— Oui.

— Tu y as pensé aussi ?

— Professionnellement, je ne repousse a priori aucune hypothèse.

Maigret ne put s'empêcher de sourire de cette phrase pompeuse.

— Tu as interrogé Vernoux ?

— Je ne l'ai pas convoqué à mon bureau, si c'est cela que tu veux dire. Il n'y avait quand même pas assez d'éléments pour suspecter un homme comme lui.

Il avait dit :

« *Un homme comme lui.* »

Et il se rendait compte qu'il se trahissait, que c'était se reconnaître comme faisant plus ou moins partie du clan. Cette soirée-là, cette visite de Maigret devaient être pour lui un supplice. Ce n'était pas un plaisir pour le commissaire non plus, encore qu'il n'eût plus à présent la même envie de repartir.

— Je l'ai rencontré dans la rue, comme chaque matin, et lui ai posé quelques questions, sans en avoir l'air.

— Qu'est-ce qu'il a dit ?

— Qu'il n'avait pas quitté son appartement ce soir-là.

— A quelle heure le crime a-t-il été commis ?

— Le premier ? A peu près comme aujourd'hui, aux alentours de dix heures du soir.

— Que font-ils, chez les Vernoux, à ce moment-là ?

— En dehors du bridge du samedi, qui les réunit tous au salon, chacun vit sa vie sans s'occuper des autres.

— Vernoux ne dort pas dans la même chambre que sa femme ?

— Il trouverait cela petit-bourgeois. Chacun a son appartement, à des étages différents. Isabelle est au premier, Hubert dans l'aile du rez-de-chaussée qui donne sur la cour. Le ménage d'Alain occupe le second étage, et la tante, Lucile, deux chambres au troisième, qui sont mansardées. Quand la fille et son mari sont là...

— Ils y sont à présent ?

— Non. On les attend dans quelques jours.

— Combien de domestiques ?

— Un ménage, qui est avec eux depuis vingt ou trente ans, plus deux bonnes assez jeunes.

46

— Qui couchent où ?

— Dans l'autre aile du rez-de-chaussée. Tu verras la maison. C'est presque un château.

— Avec une issue par-derrière ?

— Il y a une porte, dans le mur de la cour, qui donne sur une impasse.

— De sorte que n'importe qui peut entrer ou sortir sans être vu !

— Probablement.

— Tu n'as pas vérifié ?

Chabot était au supplice et, parce qu'il se sentait en faute, il éleva la voix, presque furieux contre son ami.

— Tu parles comme certaines gens du peuple le font ici. Si j'étais allé interroger les domestiques, alors que je n'avais aucune preuve, pas la moindre indication, la ville entière aurait été persuadée qu'Hubert Vernoux ou son fils était coupable.

— Son fils ?

— Lui aussi, parfaitement ! Car, du moment qu'il ne travaille pas et qu'il s'occupe de psychiatrie, il y en a pour le considérer comme fou. Il ne fréquente pas les deux cafés de l'endroit, ne joue ni au billard ni à la belote, ne court pas après les filles et il lui arrive, dans la rue, de s'arrêter brusquement pour regarder quelqu'un avec des yeux grossis par les verres de ses lunettes. On les déteste assez pour que...

— Tu les défends ?

— Non. Je veux garder mon sang-froid et, dans une sous-préfecture, ce n'est pas toujours facile. J'essaie d'être juste. Moi aussi, j'ai pensé que le premier crime était peut-être une affaire de famille. J'ai étudié la question sous tous ses aspects. Le fait qu'il n'y ait pas eu vol, que Robert de Courçon n'ait pas tenté de se défendre, m'a troublé. Et j'aurais sans doute pris certaines dispositions si...

— Un instant. Tu n'as pas demandé à la police de suivre Hubert Vernoux et son fils ?

— A Paris, c'est praticable. Pas ici. Tout le monde connaît nos quatre malheureux agents de police. Quant aux inspecteurs de Poitiers, ils étaient repérés avant d'être descendus de voiture ! Il est rare qu'il y ait plus de dix personnes à la fois dans la rue. Tu veux, dans ces conditions-là, suivre quelqu'un sans qu'il s'en doute ?

Il se calma soudain.

— Excuse-moi. Je parle si fort que je vais éveiller ma mère. C'est que je voudrais te faire comprendre ma position. Jusqu'à preuve du contraire, les Vernoux sont innocents. Je jurerais qu'ils le sont. Le second crime, deux jours après le premier, en a été presque la preuve. Hubert Vernoux pouvait être amené à tuer son beau-frère, à le frapper dans un moment de colère. Il n'avait aucune raison de se rendre au bout de la rue des Loges pour assassiner la veuve Gibon qu'il ne connaît probablement pas.

— Qui est-ce ?

— Une ancienne sage-femme dont le mari, mort depuis longtemps, était agent de police. Elle vivait seule, à moitié impotente, dans une maison de trois pièces.

» Non seulement il y a eu la vieille Gibon, mais, ce soir, Gobillard. Celui-ci, les Vernoux le connaissaient, comme tout Fontenay le connaissait. Dans chaque ville de France, il existe au moins un ivrogne de son espèce qui devient une sorte de personnage populaire.

» Si tu peux me citer une seule raison pour tuer un bonhomme de cette espèce...

— Suppose qu'il ait vu quelque chose ?

— Et la veuve Gibon, qui ne sortait plus de chez elle ? Elle aurait vu quelque chose aussi ? Elle serait venue rue Rabelais, passé dix heures du soir, pour assister au crime à travers les vitres ? Non, vois-tu. Je connais les méthodes d'investigations criminelles. Je n'ai pas assisté au congrès de Bordeaux et je retarde peut-être sur les dernières découvertes scientifiques, mais j'ai l'impression de savoir mon métier et de l'exercer en conscience. Les trois victimes appartiennent à des milieux complètement différents et n'avaient aucun rapport entre elles. Toutes les trois ont été tuées de la même façon, et, d'après les blessures, on peut conclure avec la même arme, et toutes les trois ont été attaquées en face, ce qui suppose qu'elles étaient sans méfiance. S'il s'agit d'un fou, ce n'est pas un fou gesticulant ou à moitié enragé dont chacun se serait écarté. C'est donc ce que j'appellerais un fou lucide, qui suit une ligne de conduite déterminée et est assez avisé pour prendre ses précautions.

— Alain Vernoux n'a pas beaucoup expliqué sa présence en ville, ce soir, sous une pluie battante.

— Il a dit qu'il allait voir un ami de l'autre côté du Champ-de-Mars.

— Il n'a pas cité de nom.

— Parce que c'est inutile. Je sais qu'il rend souvent visite à un certain Georges Vassal, qui est célibataire et qu'il a connu au collège. Même sans cette précision, je n'aurais pas été surpris.

— Pourquoi ?

— Parce que l'affaire le passionne encore plus

que moi, pour des raisons plus personnelles. Je ne prétends pas qu'il soupçonne son père, mais je n'en suis pas éloigné. Il y a quelques semaines il m'a parlé de lui et des tares familiales...

— Comme ça, tout de go ?

— Non. Il revenait de La Roche-sur-Yon et me citait un cas qu'il avait étudié. Il s'agissait d'un homme ayant passé la soixantaine qui, jusque-là, s'était comporté normalement, et qui, le jour où il a dû verser la dot qu'il avait toujours promise à sa fille, a été pris de démence. On ne s'en est pas aperçu tout de suite.

— Autrement dit, Alain Vernoux aurait erré la nuit dans Fontenay à la recherche de l'assassin ?

Le juge d'instruction eut une nouvelle révolte.

— Je suppose qu'il est plus qualifié pour reconnaître un dément dans la rue que nos braves agents qui sillonnent la ville, ou que toi et moi ?

Maigret ne répondit pas.

Il était passé minuit.

— Tu es sûr que tu ne veux pas coucher ici ?

— Mes bagages sont à l'hôtel.

— Je te vois demain matin ?

— Bien sûr.

— Je serai au Palais de Justice. Tu sais où c'est ?

— Rue Rabelais, non ?

— Un peu plus haut que chez Vernoux. Tu verras d'abord les grilles de la prison, puis un bâtiment qui ne paie pas de mine. Mon bureau est au fond du couloir, près de celui du procureur.

— Bonne nuit, vieux.

— Je t'ai mal reçu.

— Mais non, voyons !

— Tu dois comprendre mon état d'esprit. C'est le genre d'affaire pour me mettre la ville à dos.

— Parbleu !

— Tu te moques de moi ?

— Je te jure que non.

C'était vrai. Maigret était plutôt triste, comme chaque fois qu'on voit un peu du passé s'en aller. Dans le corridor, en endossant son pardessus détrempé, il renifla l'odeur de la maison, qui lui avait toujours paru si savoureuse et lui sembla fade.

Chabot avait perdu presque tous ses cheveux, ce qui découvrait un crâne pointu comme celui de certains oiseaux.

— Je te reconduis...

Il n'avait pas envie de le faire. Il disait ça par politesse.

— Jamais de la vie !

Maigret ajouta une plaisanterie qui n'était pas bien fine, pour dire quelque chose, pour finir sur une note gaie :

— Je sais nager !

Après quoi, relevant les revers de son manteau, il fonça dans la bourrasque. Julien Chabot resta un certain temps sur le seuil, dans le rectangle de lumière jaunâtre, puis la porte se referma et Maigret eut l'impression que, dans les rues de la ville, il n'y avait plus que lui.

## 3

### *L'instituteur qui ne dormait pas*

Le spectacle des rues était plus déprimant dans la lumière du matin que la nuit, car la pluie avait tout sali, laissant des traînées sombres sur les façades dont les couleurs étaient devenues laides. De grosses gouttes tombaient encore des corniches et des fils électriques, parfois du ciel qui s'égouttait, toujours dramatique, avec l'air de reprendre des forces pour de nouvelles convulsions.

Maigret, levé tard, n'avait pas eu le courage de descendre pour son petit déjeuner. Maussade, sans appétit, il avait seulement envie de deux ou trois tasses de café noir. Malgré la fine de Chabot, il croyait encore retrouver dans sa bouche l'arrière-goût du vin blanc trop doux ingurgité à Bordeaux.

Il pressa une petite poire pendue à la tête de son lit. La femme de chambre en noir et en tablier blanc qui répondit à son appel le regarda si curieusement qu'il s'assura que sa tenue était correcte.

— Vous ne voulez vraiment pas des croissants

chauds ? Un homme comme vous a besoin de manger le matin.

— Seulement du café, mon petit. Un énorme pot de café.

Elle aperçut le complet que le commissaire avait mis à sécher la veille sur le radiateur et s'en saisit.

— Qu'est-ce que vous faites ?

— Je vais lui donner un coup de fer.

— Non, merci, c'est inutile.

Elle l'emporta tout de même !

A son physique, il aurait juré que, d'habitude, elle était plutôt revêche.

Deux fois pendant sa toilette elle vint le déranger, une fois pour s'assurer qu'il avait du savon, une autre pour apporter un second pot de café qu'il n'avait pas réclamé. Puis elle lui rapporta le complet, sec et repassé. Elle était maigre, la poitrine plate, avec l'air de manquer de santé, mais devait être dure comme du fer.

Il pensa qu'elle avait lu son nom sur la fiche, en bas, et que c'était une passionnée de faits divers.

Il était neuf heures et demie du matin. Il traîna, par protestation contre il ne savait quoi, contre ce qu'il considérait vaguement comme une conspiration du sort.

Quand il descendit l'escalier au tapis rouge, un homme de peine qui montait le salua d'un respectueux :

— Bonjour, Monsieur Maigret.

Il comprit en arrivant dans le hall, où l'*Ouest-Eclair* était étalé sur un guéridon, avec sa photographie en première page.

C'était la photo prise au moment où il se penchait

sur le corps de Gobillard. Un double titre annonçait sur trois colonnes :

« *Le Commissaire Maigret s'occupe des Crimes de Fontenay.* »

« *Un marchand de peaux de lapins est la troisième victime.* »

Avant qu'il ait eu le temps de parcourir l'article, le directeur de l'hôtel s'approcha de lui avec autant d'empressement que la femme de chambre.

— J'espère que vous avez bien dormi et que le 17 ne vous a pas trop dérangé ?

— Qu'est-ce que le 17 ?

— Un voyageur de commerce qui a trop bu hier soir et qui a été bruyant. Nous avons fini par le changer de chambre afin qu'il ne vous éveille pas.

Il n'avait rien entendu.

— Au fait, Lomel, le correspondant de l'*Ouest-Eclair,* est passé ce matin pour vous voir. Quand je lui ai annoncé que vous étiez encore couché, il a dit que cela ne pressait pas et qu'il vous verrait tout à l'heure au Palais de Justice. Il y a aussi une lettre pour vous.

Une enveloppe bon marché, comme on en vend par pochettes de six, de six teintes différentes, dans les épiceries. Celle-ci était verdâtre. Au moment de l'ouvrir, Maigret constata qu'une demi-douzaine de personnes, dehors, avaient le visage collé à la porte vitrée, entre les palmiers en tonneaux.

« *Ne vou léssé pas imprecioné par lai gents de la Haute.* »

Ceux qui attendaient sur le trottoir, dont deux femmes en tenue de marché, s'écartèrent pour le laisser passer et il y avait quelque chose de confiant, d'amical dans la façon dont on le regardait, pas tant par curiosité, pas tant parce qu'il était célèbre, mais comme si on comptait sur lui. Une des femmes dit sans oser s'approcher :

— Vous le trouverez, vous, Monsieur Maigret !

Et un jeune homme qui avait l'apparence d'un garçon livreur marcha au même pas que lui sur le trottoir opposé afin de mieux le regarder.

Sur les seuils, des femmes discutaient le dernier crime et s'interrompaient pour le suivre des yeux. Un groupe sortit du Café de la Poste et, là aussi, il lut de la sympathie dans les regards. On semblait vouloir l'encourager.

Il passa devant chez le juge Chabot où Rose secouait des chiffons par la fenêtre du premier étage, ne s'arrêta pas, traversa la place Viète et monta la rue Rabelais où, à gauche, se dressait un vaste hôtel particulier au fronton armorié qui devait être la maison des Vernoux. Il n'y avait aucun signe de vie derrière les fenêtres fermées. En face, une petite maison, ancienne aussi, aux volets clos, était probablement celle où Robert de Courçon avait achevé sa vie solitaire.

De temps en temps passait une rafale de vent humide. Des nuages couraient bas, sombres sur un ciel couleur de verre dépoli, et des gouttes d'eau tombaient de leur frange. Les grilles de la prison paraissaient plus noires d'être mouillées. Une dizaine de personnes stationnaient devant le Palais de Justice qui n'avait rien de prestigieux, étant moins vaste, en fait, que la maison des Vernoux, mais qui s'ornait quand même d'un péristyle et d'un perron de quelques marches.

Lomel, ses deux appareils toujours en bandoulière, fut le premier à se précipiter et il n'y avait pas de trace de remords sur son visage poupin ni dans ses yeux d'un bleu très clair.

— Vous me confierez vos impressions avant de les donner aux confrères de Paris ?

Et comme Maigret, renfrogné, lui désignait le journal qui dépassait de sa poche, il sourit.

— Vous êtes fâché ?

— Je croyais vous avoir dit...

— Ecoutez, commissaire. Je suis obligé de faire mon métier de journaliste. Je savais que vous finiriez par vous occuper de l'affaire. J'ai seulement anticipé de quelques heures sur...

— Une autre fois, n'anticipez pas.

— Vous allez voir le juge Chabot ?

Dans le groupe se trouvaient déjà deux ou trois reporters de Paris et il eut du mal à s'en débarrasser. Il y avait aussi des curieux qui paraissaient décidés à passer la journée en faction devant le Palais de Justice.

Les couloirs étaient sombres. Lomel, qui s'était fait son guide, le précédait, lui montrait le chemin.

— Par ici. C'est beaucoup plus important pour nous que pour les canards de la capitale ! Vous devez comprendre ! « Il » est dans son bureau depuis huit heures du matin. Le procureur est ici aussi. Hier soir, pendant qu'on le cherchait partout, il se trouvait à La Rochelle, où il avait fait un saut en voiture. Vous connaissez le procureur ?

Maigret, qui avait frappé et à qui on avait crié

d'entrer, ouvrit la porte et la referma, laissant le reporter roux dans le couloir.

Julien Chabot n'était pas seul. Le docteur Alain Vernoux était assis en face de lui dans un fauteuil et se leva pour saluer le commissaire.

— Bien dormi ? questionna le juge.

— Pas mal du tout.

— Je m'en suis voulu de ma pauvre hospitalité d'hier. Tu connais Alain Vernoux. Il est venu me voir en passant.

Ce n'était pas vrai. Maigret aurait juré que c'était lui que le psychiatre attendait et même, peut-être, que cette entrevue avait été combinée entre les deux hommes.

Alain avait retiré son pardessus. Il portait un complet de laine rêche, aux lignes indécises, qui aurait eu besoin d'un coup de fer. Sa cravate était mal nouée. Sous le veston dépassait un sweater jaune. Ses souliers n'avaient pas été cirés. Tel quel, il n'en appartenait pas moins à la même catégorie que son père dont la tenue était si méticuleuse.

Pourquoi cela faisait-il tiquer Maigret ? L'un était trop soigné, tiré à quatre épingles. L'autre, au contraire, affectait une négligence que n'aurait pu se permettre un employé de banque, un professeur de lycée, ou un voyageur de commerce, mais on ne devait trouver de complets en ce tissu-là que chez un tailleur exclusif de Paris, peut-être de Bordeaux.

Il y eut un silence assez gênant. Maigret, qui ne faisait rien pour aider les deux hommes, alla se camper devant le maigre feu de bûches de la cheminée que surmontait la même horloge en marbre noir que celle de son bureau du quai des Orfèvres. L'administration avait dû les commander jadis par centaines, sinon par milliers. Peut-être retardaient-elles toutes également de douze minutes, comme celle de Maigret ?

— Alain me disait justement des choses intéressantes, murmura enfin Chabot, le menton dans la main, dans une pose qui faisait très juge d'instruction. Nous parlions de folie criminelle...

Le fils Vernoux l'interrompit.

— Je n'ai pas affirmé que ces trois crimes sont l'œuvre d'un fou. J'ai dit que, *s'ils étaient l'œuvre d'un fou...*

— Cela revient au même.

— Pas exactement.

— Mettons que ce soit moi qui aie dit que tout semble indiquer que nous sommes en présence d'un fou.

Et, tourné vers Maigret :

— Nous en avons parlé hier soir, toi et moi. L'absence de motif, dans les trois cas... La similitude des moyens...

Puis, à Vernoux :

— Répétez donc au commissaire ce que vous m'exposiez, voulez-vous ?

— Je ne suis pas expert. En la matière, je ne suis qu'un amateur. Je développais une idée générale. La plupart des gens se figurent que les fous agissent invariablement en fous, c'est-à-dire sans logique ni suite dans les idées. Or, dans la réalité, c'est souvent le contraire. Les fous ont leur logique à eux. La difficulté, c'est de découvrir cette logique-là.

Maigret le regardait sans rien dire, avec ses gros yeux un peu glauques du matin. Il regrettait de ne pas s'être arrêté en chemin pour boire un verre qui lui aurait ravigoté l'estomac.

Ce petit bureau, où commençait à flotter la fumée de sa pipe et où dansaient les courtes flammes des bûches, lui semblait à peine réel et les deux hommes qui discutaient de folie en le guettant du coin de l'œil lui apparaissaient un peu comme des figures de cire. Eux non plus n'étaient pas dans la vie. Ils faisaient des gestes qu'ils avaient appris, parlaient comme on leur avait appris.

Qu'est-ce qu'un Chabot pouvait savoir de ce qui se passait dans la rue ? Et, à plus forte raison, dans la tête d'un homme qui tue ?

— C'est cette logique que, depuis le premier crime, j'essaie de déceler.

— Depuis le premier crime ?

— Mettons depuis le second. Dès le premier, pourtant, dès l'assassinat de mon oncle, j'ai pensé à l'acte d'un dément.

— Vous avez trouvé ?

— Pas encore. Je n'ai fait que noter quelques éléments du problème, qui peuvent fournir une indication.

— Par exemple ?

— Par exemple, qu'*il* frappe de face. Ce n'est pas facile d'exprimer ma pensée simplement. Un homme qui voudrait tuer pour tuer, c'est-à-dire pour supprimer d'autres êtres vivants, et qui, en même temps, ne désirerait pas être pris, choisirait le moyen le moins dangereux. Or, celui-ci ne veut certainement pas être pris, puisqu'il évite de laisser des traces. Vous me suivez ?

— Jusqu'ici, ce n'est pas trop compliqué.

Vernoux fronça les sourcils, sentant l'ironie dans la voix de Maigret. C'était possible, au fond, qu'il soit un timide. Il ne regardait pas les gens dans les yeux. A l'abri des gros verres de ses lunettes, il se contentait de petits coups d'œil furtifs, puis fixait un point quelconque de l'espace.

— Vous admettez qu'il fait l'impossible pour ne pas être pris ?

— Cela en a l'air.

— Il attaque néanmoins trois personnes la même semaine et, les trois fois, réussit son coup.

— Exact.

— Dans les trois cas, il aurait pu frapper par-derrière, ce qui réduisait les chances qu'une victime se mette à crier.

Maigret le regardait fixement.

— Comme même un fou ne fait rien sans raison, j'en déduis que l'assassin éprouve le besoin de narguer le sort, ou de narguer ceux qu'il attaque. Certains êtres ont besoin de s'affirmer, fût-ce par un crime ou par une série de crimes. Parfois, c'est pour se prouver à eux-mêmes leur puissance, ou leur importance, ou leur courage. D'autres sont persuadés qu'ils ont une revanche à prendre contre leurs semblables.

— Celui-ci ne s'est, jusqu'à présent, attaqué qu'à des faibles. Robert de Courçon était un vieillard de soixante-treize ans. La veuve Gibon était impotente et Gobillard, au moment où il a été attaqué, était ivre mort.

Le juge, cette fois, venait de parler, le menton toujours sur la main, apparemment content de lui.

— J'y ai pensé aussi. C'est peut-être un signe, peut-être un hasard. Ce que je cherche à trouver, c'est la sorte de logique qui préside aux faits et gestes de l'inconnu. Quand nous l'aurons découverte, nous ne serons pas loin de mettre la main sur lui.

Il disait « nous » comme s'il participait tout naturellement à l'enquête, et Chabot ne protestait pas.

— C'est pour cela que vous étiez dehors hier soir ? questionna le commissaire.

Alain Vernoux tressaillit, rougit légèrement.

— En partie. Je me rendais bien chez un ami, mais je vous avoue que, depuis trois jours, je parcours les rues aussi souvent que possible en étudiant le comportement des passants. La ville n'est pas grande. Il est probable que l'assassin ne vit pas terré chez lui. Il marche sur les trottoirs, comme tout le monde, prend peut-être son verre dans les cafés.

— Vous croyez que vous le reconnaîtriez si vous le rencontriez ?

— C'est une chose possible.

— Je pense qu'Alain peut nous être précieux, murmura Chabot avec une certaine gêne. Ce qu'il nous a dit ce matin me paraît plein de bon sens.

Le docteur se levait et, au même moment, il y eut du bruit dans le couloir, on frappa à la porte, l'inspecteur Chabiron passa la tête.

— Vous n'êtes pas seul ? disait-il en regardant, non Maigret, mais Alain Vernoux, dont la présence parut lui déplaire.

— Qu'est-ce que c'est, inspecteur ?

— J'ai avec moi quelqu'un que je voudrais que vous interrogiez.

Le docteur annonça :

— Je m'en vais.

On ne le retint pas. Pendant qu'il sortait, Chabiron dit à Maigret, non sans amertume :

— Alors, patron, il paraît qu'on s'en occupe ?

— Le journal le dit.

— Peut-être l'enquête ne sera-t-elle pas longue.

Il se pourrait qu'elle soit finie dans quelques minutes. Je fais entrer mon témoin, monsieur le juge ?

Et, tourné vers la demi-obscurité du corridor :

— Viens ! N'aie pas peur.

Une voix répliqua :

— Je n'ai pas peur.

On vit entrer un petit homme maigre, vêtu de bleu marine, au visage pâle, aux yeux ardents.

Chabiron le présenta :

— Emile Chalus, instituteur à l'école des garçons. Assieds-toi, Chalus.

Chabiron était un de ces policiers qui tutoient invariablement coupables et témoins avec la conviction que cela les impressionne.

— Cette nuit, expliqua-t-il, j'ai commencé à interroger les habitants de la rue où Gobillard a été tué. On prétendra peut-être que c'est de la routine...

Il eut un coup d'œil vers Maigret, comme si le commissaire avait été un adversaire personnel de la routine.

— ... Mais il arrive que la routine ait du bon. La rue n'est pas longue. Ce matin, de bonne heure, j'ai continué à la passer au peigne fin. Emile Chalus habite à trente mètres de l'endroit où le crime a été commis, au second étage d'une maison dont le rez-de-chaussée et le premier sont occupés par des bureaux. Raconte, Chalus.

Celui-ci ne demandait qu'à parler, encore qu'il n'éprouvât manifestement aucune sympathie pour le juge. C'est vers Maigret qu'il se tourna.

— J'ai entendu du bruit sur le trottoir, comme un piétinement.

— A quelle heure ?

— Un peu après dix heures du soir.

— Ensuite ?

— Des pas se sont éloignés.

— Dans quelle direction ?

Le juge d'instruction posait les questions, avec chaque fois un regard à Maigret comme pour lui offrir la parole.

— Dans la direction de la rue de la République.

— Des pas précipités ?

— Non, des pas normaux.

— D'homme ?

— Certainement.

Chabot avait l'air de penser que ce n'était pas une fameuse découverte, mais l'inspecteur intervint.

— Attendez la suite. Dis-leur ce qui s'est passé après, Chalus.

— Il s'est écoulé un certain nombre de minutes et un groupe de gens a pénétré dans la rue, venant également de la rue de la République. Ils se sont attroupés sur le trottoir, parlant à voix haute. J'ai entendu le mot docteur, puis le mot commissaire de police, et je me suis levé pour aller voir à la fenêtre.

Chabiron jubilait.

— Vous comprenez, monsieur le juge ? Chalus a entendu des piétinements. Tout à l'heure, il m'a précisé qu'il y avait eu aussi un bruit mou, comme celui d'un corps qui tombe sur le trottoir. Répète, Chalus.

— C'est exact.

— Tout de suite après, quelqu'un s'est dirigé vers la rue de la République, où se trouve le Café de la Poste. J'ai d'autres témoins dans l'antichambre, les consommateurs qui se trouvaient à ce moment-là au café. Il était dix heures dix quand le docteur Vernoux y est entré et, sans rien dire, s'est dirigé vers la cabine téléphonique. Après avoir parlé dans l'appareil, il a aperçu le docteur Jussieux qui jouait aux cartes et lui a murmuré quelque chose à l'oreille. Jussieux a annoncé aux autres qu'un crime venait d'être commis et ils se sont tous précipités dehors.

Maigret fixait son ami Chabot dont les traits s'étaient figés.

— Vous voyez ce que cela signifie ? continuait l'inspecteur avec une sorte de joie agressive, comme s'il exerçait une vengeance personnelle. D'après le docteur Vernoux, celui-ci a aperçu un corps sur le trottoir, un corps déjà presque froid, et s'est dirigé vers le Café de la Poste pour téléphoner à la police. S'il en était ainsi, il y aurait eu deux fois des pas dans la rue et Chalus, qui ne dormait pas, les aurait entendus.

Il n'osait pas encore triompher, mais on sentait son excitation croître.

— Chalus n'a pas de casier judiciaire. C'est un instituteur distingué. Il n'a aucune raison pour inventer une histoire.

Maigret refusa une fois encore l'invitation à parler que son ami lui adressait du regard. Alors, il y eut un silence assez long. Probablement par contenance, le juge crayonna quelques mots sur un dossier qu'il avait devant lui et, quand il releva la tête, il était tendu.

— Vous êtes marié, Monsieur Chalus ? demanda-t-il d'une voix mate.

— Oui, monsieur.

L'hostilité était sensible entre les deux hommes. Chalus était tendu, lui aussi, et sa façon de répondre agressive. Il semblait défier le magistrat d'anéantir sa déposition.

— Des enfants ?

— Non.

— Votre femme se trouvait avec vous la nuit dernière ?

— Dans le même lit.

— Elle dormait ?

— Oui.

— Vous vous êtes couchés ensemble ?

— Comme d'habitude quand je n'ai pas trop de devoirs à corriger. Hier, c'était vendredi et je n'en avais pas du tout.

— A quelle heure vous êtes-vous mis au lit, votre femme et vous ?

— A neuf heures et demie, peut-être quelques minutes plus tard.

— Vous vous couchez toujours d'aussi bonne heure ?

— Nous nous levons à cinq heures et demie du matin.

— Pourquoi ?

— Parce que nous profitons de la liberté accordée à tous les Français de se lever à l'heure qui leur plaît.

Maigret, qui l'observait avec intérêt, aurait parié qu'il s'occupait de politique, appartenait à un parti de gauche et probablement était ce qu'on appelle un militant. C'était l'homme à défiler dans les cortèges, à prendre la parole dans les meetings, l'homme aussi à glisser des pamphlets dans les boîtes aux lettres et à refuser de circuler en dépit des injonctions de la police.

— Vous vous êtes donc couchés tous les deux à neuf heures et demie et je suppose que vous vous êtes endormis ?

— Nous avons encore parlé pendant une dizaine de minutes.

— Cela nous mène à dix heures moins vingt. Vous vous êtes endormis tous les deux ?

— Ma femme s'est endormie.

— Et vous ?

— Non. J'éprouve de la difficulté à trouver le sommeil.

— De sorte que, quand vous avez entendu du bruit sur le trottoir, à trente mètres de chez vous, vous ne dormiez pas ?

— C'est exact.

— Vous n'aviez pas dormi du tout ?

— Non.

— Vous étiez complètement éveillé ?

— Assez pour entendre des piétinements et un bruit de corps qui tombe.

— Il pleuvait ?

— Oui.

— Il n'y a pas d'étage au-dessus du vôtre ?

— Non. Nous sommes au second.

— Vous deviez entendre la pluie sur le toit ?

— On finit par ne plus y prêter attention.

— L'eau courant dans la gouttière ?

— Certainement.

— De sorte que les bruits que vous avez entendus n'étaient que des bruits parmi d'autres bruits ?

— Il y a une différence sensible entre de l'eau qui coule et des hommes qui piétinent ou un corps qui tombe.

Le juge ne lâchait pas encore prise.

— Vous n'avez pas eu la curiosité de vous lever ?

— Non.

— Pourquoi ?

— Parce que nous ne sommes pas loin du Café de la Poste.

— Je ne comprends pas.

— C'est fréquent, le soir, que des gens qui ont trop bu passent devant chez nous, et il leur arrive de s'étaler sur le trottoir.

— Et aussi d'y rester ?

Chalus ne trouva rien à répondre tout de suite.

— Puisque vous avez parlé de piétinements, je suppose que vous avez eu l'impression qu'il y avait plusieurs hommes dans la rue, tout au moins deux ?

— Cela va de soi.

— Un seul homme s'est éloigné dans la direction de la rue de la République. C'est bien cela ?

— Je le suppose.

— Puisqu'il y a eu crime, deux hommes, au minimum, se trouvaient à trente mètres de chez vous au moment des piétinements. Vous me suivez ?

— Ce n'est pas difficile.

— Vous en avez entendu un qui repartait ?

— Je l'ai déjà dit.

— Quand les avez-vous entendus arriver ? Sont-ils arrivés ensemble ? Venaient-ils de la rue de la République ou du Champ-de-Mars ?

Chabiron haussa les épaules. Emile Chalus, lui, réfléchissait, le regard dur.

— Je ne les ai pas entendus arriver.

— Vous ne supposez pourtant pas qu'ils se tenaient dans la pluie, depuis longtemps, l'un attendant le moment propice pour tuer l'autre ?

L'instituteur serra les poings.

— C'est tout ce que vous avez trouvé ? grommela-t-il entre les dents.

— Je ne comprends pas.

— Cela vous gêne que quelqu'un de votre monde soit mis en cause. Mais votre question ne tient pas debout. Je n'entends pas nécessairement quelqu'un qui passe sur le trottoir, ou plus exactement je n'y fais pas attention.

— Pourtant...

— Laissez-moi finir, voulez-vous, au lieu d'essayer de me mettre dedans ? Jusqu'au moment où il y a eu des piétinements, je n'avais aucune raison de prêter attention à ce qui se passait dans la rue. Après, au contraire, mon esprit était en éveil.

— Et vous affirmez que, depuis le moment où un corps est tombé sur le trottoir jusqu'au moment où plusieurs personnes sont arrivées du Café de la Poste, nul n'est passé dans la rue ?

— Il n'y a eu aucun pas.

— Vous rendez-vous compte de l'importance de cette déclaration ?

— Je n'ai pas demandé à la faire. C'est l'inspecteur qui est venu me questionner.

— Avant que l'inspecteur vous questionne, vous n'aviez aucune idée de la signification de votre témoignage ?

— J'ignorais la déposition du docteur Vernoux.

— Qui vous a parlé de déposition ? Le docteur Vernoux n'a pas été appelé à déposer.

— Mettons que j'ignorais ce qu'il a raconté.

— C'est l'inspecteur qui vous l'a dit ?

— Oui.

— Vous avez compris ?

— Oui.

— Et je suppose que vous avez été enchanté de l'effet que vous alliez produire ? Vous détestez les Vernoux ?

— Eux et tous ceux qui leur ressemblent.

— Vous vous êtes plus particulièrement attaqué à eux dans vos discours ?

— Cela m'est arrivé.

Le juge, très froid, se tourna vers l'inspecteur Chabiron.

— Sa femme a confirmé ses dires ?

— En partie. Je ne l'ai pas amenée, car elle était occupée à son ménage, mais je peux aller la chercher. Ils se sont bien couchés à neuf heures et demie. Elle en est sûre, parce que c'est elle qui a remonté le réveil, comme tous les soirs. Ils ont un peu parlé. Elle s'est endormie et, ce qui l'a réveillée, cela a été de ne plus sentir son mari près d'elle. Elle l'a vu debout devant la fenêtre. A ce moment-là, il était dix heures et quart et un groupe de gens stationnaient autour du corps.

— Ils ne sont descendus ni l'un ni l'autre ?

— Non.

— Ils n'ont pas eu la curiosité de savoir ce qui se passait ?

— Ils ont entrouvert la fenêtre et ont entendu dire que Gobillard venait d'être assommé.

Chabot, qui évitait toujours de regarder Maigret, paraissait découragé. Sans conviction, il posait encore quelques questions :

— D'autres habitants de la rue supportent son témoignage ?

— Pas jusqu'à présent.

— Vous les avez tous interrogés ?

— Ceux qui se trouvaient chez eux ce matin. Certains étaient déjà partis pour leur travail. Deux ou trois autres, qui étaient au cinéma hier soir, ne savent rien.

Chabot se tourna vers l'instituteur.

— Vous connaissez personnellement le docteur Vernoux ?

— Je ne lui ai jamais parlé, si c'est cela que vous voulez dire. Je l'ai croisé souvent dans la rue, comme tout le monde. Je sais qui il est.

— Vous n'entretenez aucune animosité particulière contre lui ?

— Je vous ai déjà répondu.

— Il ne vous est pas arrivé de comparaître en justice ?

— J'ai été arrêté une bonne douzaine de fois, lors de manifestations politiques, mais on m'a toujours relâché après une nuit au violon et naturellement un passage à tabac.

— Je ne parle pas de ça.

— Je comprends que cela ne vous intéresse pas.

— Vous maintenez votre déclaration ?

— Oui, même si elle vous ennuie.

— Il ne s'agit pas de moi.

— Il s'agit de vos amis.

— Vous êtes assez sûr de ce que vous avez entendu hier au soir pour ne pas hésiter à envoyer quelqu'un au bagne ou à l'échafaud ?

— Ce n'est pas moi qui ai tué. L'assassin n'a pas hésité, lui, à supprimer la veuve Gibon et le pauvre Gobillard.

— Vous oubliez Robert de Courçon.

— Celui-là, je m'en f... !

— Je vais donc appeler le greffier afin qu'il prenne votre déposition par écrit.

— A votre aise.

— Nous entendrons ensuite votre femme.

— Elle ne me contredira pas.

Chabot tendait déjà la main vers un timbre électrique qui se trouvait sur son bureau quand on entendit la voix de Maigret qu'on avait presque oublié et qui demandait doucement :

— Vous souffrez d'insomnies, Monsieur Chalus ?

Celui-ci tourna vivement la tête.

— Qu'est-ce que vous voulez insinuer ?

— Rien. Je crois vous avoir entendu dire tout à l'heure que vous vous endormez difficilement, ce qui explique que, couché à neuf heures et demie, vous ayez été encore éveillé à dix heures.

— Il y a des années que j'ai des insomnies.

— Vous avez consulté le médecin ?

— Je n'aime pas les médecins.

— Vous n'avez essayé aucun remède ?

— Je prends des comprimés.

— Tous les jours ?

— C'est un crime ?

— Vous en avez pris hier avant de vous coucher ?

— J'en ai pris deux, comme d'habitude.

Maigret faillit sourire en voyant son ami Chabot renaître à la vie comme une plante longtemps privée d'eau qu'on arrose enfin. Le juge ne put s'empêcher de reprendre lui-même la direction des opérations.

— Pourquoi ne nous disiez-vous pas que vous aviez pris un somnifère ?

— Parce que vous ne me l'avez pas demandé et que cela me regarde. Dois-je vous annoncer aussi quand ma femme prend un purgatif ?

— Vous avez avalé deux comprimés à neuf heures et demie ?

— Oui.

— Et vous ne dormiez pas à dix heures dix ?

— Non. Si vous aviez l'habitude de ces drogues-là, vous sauriez qu'à la longue elles ne font presque plus d'effet. Au début, un comprimé me suffisait. Maintenant, avec deux, il me faut plus d'une demi-heure pour m'assoupir.

— Il est donc possible que, quand vous avez entendu du bruit dans la rue, vous étiez déjà assoupi ?

— Je ne dormais pas. Si j'avais dormi, je n'aurais rien entendu.

— Mais vous pouviez somnoler. A quoi pensiez-vous ?

— Je ne m'en souviens pas.

— Jurez-vous que vous n'étiez pas dans un état entre la veille et le sommeil ? Pesez bien ma question. Un parjure est un délit grave.

— Je ne dormais pas.

L'homme était honnête, au fond. Il avait certainement été enchanté de pouvoir abattre un membre du clan Vernoux et il l'avait fait avec jubilation. Maintenant, sentant le triomphe lui glisser des doigts, il essayait de se raccrocher, sans toutefois oser mentir.

Il jeta à Maigret un regard triste où il y avait un reproche, mais pas de colère. Il semblait dire :

« — Pourquoi m'as-tu trahi, toi qui n'es pas de leur bord ? »

Le juge ne perdait pas son temps.

— A supposer que les comprimés aient commencé à produire leur effet, sans cependant vous endormir tout à fait, il se peut que vous ayez entendu les bruits dans la rue et votre somnolence expliquerait que vous n'ayez pas entendu de pas avant le meurtre. Il a fallu un piétinement, la chute d'un corps, pour attirer votre attention. N'est-il pas admissible qu'ensuite,

73

après que les pas se sont éloignés, vous soyez retombé dans votre somnolence ? Vous ne vous êtes pas levé. Vous n'avez pas éveillé votre femme. Vous ne vous êtes pas inquiété, vous nous l'avez dit, comme si tout cela s'était passé dans un monde inconsistant. Ce n'est que quand un groupe d'hommes qui parlaient à voix haute s'est arrêté sur le trottoir que vous vous êtes réveillé complètement.

Chalus haussa les épaules et les laissa retomber avec lassitude.

— J'aurais dû m'y attendre, dit-il.

Puis il ajouta quelque chose comme :

— Vous et vos pareils...

Chabot n'écoutait plus, disait à l'inspecteur Chabiron :

— Dressez quand même un procès-verbal de sa déposition. J'entendrai sa femme cet après-midi.

Quand ils furent seuls, Maigret et lui, le juge affecta de prendre des notes. Il se passa bien cinq minutes avant qu'il murmurât, sans regarder le commissaire :

— Je te remercie.

Et Maigret, grognon, tirant sur sa pipe :

— Il n'y a pas de quoi.

## 4

### *L'Italienne aux ecchymoses*

Pendant tout le déjeuner, dont le plat de résistance était une épaule de mouton farcie comme Maigret ne se souvenait pas d'en avoir mangé, Julien Chabot eut l'air d'un homme en proie à une mauvaise conscience.

Au moment de franchir le seuil de sa maison, il avait cru nécessaire de murmurer :

— Ne parlons pas de ça devant ma mère.

Maigret n'en avait pas l'intention. Il remarqua que son ami se penchait sur la boîte aux lettres où, repoussant quelques prospectus, il prenait une enveloppe semblable à celle qu'on lui avait remise le matin à l'hôtel, à la différence que celle-ci, au lieu d'être verdâtre, était rose saumon. Peut-être provenait-elle de la même pochette ? Il ne put s'en assurer à ce moment-là, car le juge la glissa négligemment dans sa poche.

Ils n'avaient guère parlé en revenant du Palais de Justice. Avant de s'en éloigner, ils avaient eu une courte entrevue avec le procureur et Maigret avait été assez surpris de voir que celui-ci était un homme de trente ans à peine, tout juste sorti des écoles, un beau garçon qui ne paraissait pas prendre ses fonctions au tragique.

— Je m'excuse pour hier soir, Chabot. Il y a une bonne raison pour laquelle on n'est pas parvenu à me toucher. J'étais à La Rochelle et ma femme l'ignorait.

Il avait ajouté avec un clin d'œil :

— Heureusement !

Puis, ne doutant de rien :

— Maintenant que vous avez le commissaire Maigret pour vous aider, vous n'allez pas tarder à mettre la main sur l'assassin. Vous croyez, vous aussi, que c'est un fou, commissaire ?

A quoi bon discuter ? On sentait que les rapports entre le juge et le procureur n'étaient pas exagérément amicaux.

Dans le couloir, ce fut l'assaut des journalistes déjà au courant de la déposition de Chalus. Celui-ci avait dû leur parler. Maigret aurait parié qu'en ville aussi on savait. C'était difficile d'expliquer cette atmosphère-là. Du Palais de Justice à la maison du juge, ils ne rencontrèrent qu'une cinquantaine de personnes, mais cela suffisait pour prendre la température locale. Les regards qu'on adressait aux deux hommes manquaient de confiance. Les gens du peuple, surtout les femmes qui revenaient du marché, avaient une attitude presque hostile. En haut de la place Viète, il y avait un petit café où des gens assez nombreux prenaient l'apéritif et, à leur passage, on entendit une rumeur peu rassurante, des ricanements.

Certains devaient commencer à s'affoler et la présence des gendarmes qui patrouillaient la ville à vélo ne suffisait pas à les rassurer ; ils ajoutaient au contraire une touche dramatique à l'aspect des rues en rappelant qu'il y avait quelque part un tueur en liberté.

Mme Chabot n'avait pas essayé de poser de questions. Elle était aux petits soins pour son fils, pour Maigret aussi, à qui elle semblait demander du regard de le protéger, et elle s'efforçait de mettre sur le tapis des sujets de tout repos.

— Vous vous souvenez de cette jeune fille qui louchait et avec qui vous avez dîné ici un dimanche ?

Elle avait une mémoire effrayante, rappelait à Maigret des gens qu'il avait rencontrés, plus de trente ans auparavant, lors de ses brefs passages à Fontenay.

— Elle a fait un beau mariage, un jeune homme de Marans qui a fondé une importante fromagerie. Ils ont eu trois enfants, plus beaux les uns que les autres, puis, tout à coup, comme si le sort les trouvait trop heureux, elle a été atteinte de tuberculose.

Elle en cita d'autres, qui étaient devenus malades ou qui étaient morts, ou qui avaient eu d'autres malheurs.

Au dessert, Rose apporta un énorme plat de profiterolles et la vieille femme observa le commissaire avec des yeux malicieux. Il se demanda d'abord pourquoi, sentant qu'on attendait quelque chose de lui. Il n'aimait guère les profiterolles et il en mit une sur son assiette.

— Allons ! Servez-vous. N'ayez pas honte !...

La voyant déçue, il en prit trois.

— Vous n'allez pas me dire que vous avez perdu

votre appétit ? Je me rappelle le soir où vous en avez mangé douze. Chaque fois que vous veniez, je vous faisais des profiteroles et vous prétendiez que vous n'en aviez pas mangé de pareilles ailleurs.

(Ce qui, entre parenthèses, était vrai : il n'en mangeait jamais nulle part !)

Cela lui était sorti de la mémoire. Il était même surpris d'avoir jamais manifesté un goût pour les pâtisseries. Il avait dû dire cela, jadis, par politesse.

Il fit ce qu'il y avait à faire, s'exclama, mangea tout ce qu'il y avait sur son assiette, en reprit.

— Et les perdreaux au chou ! Vous vous en souvenez ? Je regrette que ce ne soit pas la saison, car...

Le café servi, elle se retira discrètement et Chabot, par habitude, posa une boîte de cigares sur la table, en même temps que la bouteille de fine. La salle à manger n'avait pas plus changé que le bureau et c'était presque angoissant de retrouver les choses tellement pareilles, Chabot lui-même qui, vu d'une certaine façon, n'avait pas tant changé.

Pour faire plaisir à son ami, Maigret prit un cigare, allongea les jambes vers la cheminée. Il savait que l'autre avait envie d'aborder un sujet précis, qu'il y pensait depuis qu'ils avaient quitté le Palais. Cela prit du temps. La voix du juge, qui regardait ailleurs, était mal assurée.

— Tu crois que j'aurais dû l'arrêter ?

— Qui ?

— Alain.

— Je ne vois aucune raison d'arrêter le docteur.

— Pourtant, Chalus paraît sincère.

— Il l'est sans contredit.

— Tu penses aussi qu'il n'a pas menti ?

Au fond, Chabot se demandait pourquoi Maigret

était intervenu, car, sans lui, sans la question du somnifère, la déposition de l'instituteur aurait été beaucoup plus accablante pour le fils Vernoux. Cela intriguait le juge, le mettait mal à l'aise.

— D'abord, dit Maigret en fumant gauchement son cigare, il est possible qu'il se soit réellement assoupi. Je me méfie toujours du témoignage des gens qui ont entendu quelque chose de leur lit, peut-être à cause de ma femme.

» Maintes fois, il lui arrive de prétendre qu'elle ne s'est endormie qu'à deux heures du matin. Elle est de bonne foi, prête à jurer. Or, il se fait souvent que je me suis réveillé moi-même pendant sa soi-disant insomnie et que je l'aie vue endormie.

Chabot n'était pas convaincu. Peut-être s'imaginait-il que son ami avait seulement voulu le tirer d'un mauvais pas ?

— J'ajoute, poursuivait le commissaire, que, si même c'est le docteur qui a tué, il est préférable de ne pas l'avoir mis en état d'arrestation. Ce n'est pas un homme à qui on peut arracher des aveux par un interrogatoire à la chansonnette, encore moins par un passage à tabac.

Le juge repoussait déjà cette idée d'un geste indigné.

— Dans l'état actuel de l'enquête, il n'y a même pas un commencement de preuve contre lui. En l'arrêtant, tu donnais satisfaction à une partie de la population qui serait venue manifester sous les fenêtres de la prison en criant : « A mort. » Cette excitation créée, il aurait été difficile de la calmer.

— Tu le penses vraiment ?

— Oui.

— Tu ne dis pas cela pour me rassurer ?

— Je le dis parce que c'est la vérité. Comme il arrive toujours dans un cas de ce genre, l'opinion publique désigne plus ou moins ouvertement un suspect et je me suis souvent demandé comment elle le choisit. C'est un phénomène mystérieux, un peu effrayant. Dès le premier jour, si je comprends bien, les gens se sont tournés vers le clan Vernoux, sans trop se demander s'il s'agissait du père ou du fils.

— C'est vrai.

— Maintenant, c'est vers le fils que s'aiguille la colère.

— Et s'il est l'assassin ?

— Je t'ai entendu, avant de partir, donner des ordres pour qu'on le surveille.

— Il peut échapper à la surveillance.

— Ce ne serait pas prudent de sa part, car s'il se montre trop dans la ville il risque de se faire écharper. Si c'est lui, il fera quelque chose, tôt ou tard, qui fournira une indication.

— Tu as peut-être raison. Au fond, je suis content que tu sois ici. Hier, je l'avoue, cela m'a un peu irrité. Je me disais que tu allais m'observer et que tu me trouverais gauche, maladroit, vieux jeu, je ne sais pas, moi. En province, nous souffrons presque tous d'un complexe d'infériorité, surtout vis-à-vis de ceux qui viennent de Paris. A plus forte raison quand il s'agit d'un homme comme toi ! Tu m'en veux ?

— De quoi ?

— Des bêtises que je t'ai dites.

— Tu m'as dit des choses fort sensées. Nous aussi, à Paris, nous avons à tenir compte des situations et à mettre des gants avec les gens en place.

Chabot se sentait déjà mieux.

— Je vais passer mon après-midi à interroger les

témoins que Chabiron m'a dénichés. La plupart d'entre eux n'ont rien vu ni entendu, mais je ne veux négliger aucune chance.

— Sois gentil avec la femme Chalus.

— Avoue que ces gens-là te sont sympathiques.

— Oui, sans doute !

— Tu m'accompagnes ?

— Non. Je préfère renifler l'air de la ville, boire un verre de bière par-ci par-là.

— Au fait, je n'ai pas ouvert cette lettre. Je ne voulais pas le faire devant ma mère.

Il tirait de sa poche l'enveloppe saumon et Maigret reconnut l'écriture. Le papier provenait bien de la même pochette que le billet qu'il avait reçu le matin.

*« Taché de savoir ce que le docteur faisé à la fille Sabati. »*

— Tu connais ?

— Jamais entendu ce nom-là.

— Je crois me souvenir que tu m'as dit que le docteur Vernoux n'est pas coureur.

— Il a cette réputation-là. Les lettres anonymes vont commencer à pleuvoir. Celle-ci vient d'une femme.

— Comme la majorité des lettres anonymes ! Cela t'ennuierait de téléphoner au commissariat ?

— Au sujet de la fille Sabati ?

— Oui.

— Tout de suite ?

Maigret fit signe que oui.

— Passons dans mon bureau.

Il décrocha le récepteur, appela le commissaire de police.

— C'est vous, Féron ? Ici, le juge d'instruction. Connaissez-vous une certaine Sabati ?

Il fallut attendre. Féron était allé interroger ses agents, peut-être examiner les registres. Quand il parla à nouveau, Chabot, tout en écoutant, crayonna quelques mots sur son buvard.

— Non. Probablement aucune connexion. Comment ? Certainement pas. Ne vous occupez pas d'elle pour le moment.

En disant cela, il cherchait du regard l'approbation de Maigret et celui-ci lui adressa de grands signes de tête.

— Je serai à mon bureau dans une demi-heure. Oui. Merci.

Il raccrocha.

— Il existe bien une certaine Louise Sabati à Fontenay-le-Comte. Fille d'un maçon italien qui doit travailler à Nantes ou dans les environs. Elle a été quelque temps serveuse à l'Hôtel de France, puis fille de salle au Café de la Poste. Elle ne travaille plus depuis plusieurs mois. A moins qu'elle ait déménagé récemment, elle habite au tournant de la route de La Rochelle, dans le quartier des casernes, une grande maison délabrée où vivent six ou sept familles.

Maigret, qui en avait assez de son cigare, en écrasait le bout incandescent dans le cendrier avant de bourrer une pipe.

— Tu comptes aller la voir ?

— Peut-être.

— Tu penses toujours que le docteur... ?

Il s'interrompit, les sourcils froncés.

— Au fait, qu'allons-nous faire ce soir ? Norma-

lement, je devrais aller chez les Vernoux pour le
bridge. A ce que tu m'as dit, Hubert Vernoux s'attend
à ce que tu m'accompagnes.

— Eh bien ?

— Je me demande si, dans l'état de l'opinion...

— Tu as l'habitude d'y aller chaque samedi ?

— Oui.

— Donc, si tu n'y vas pas, on en conclura qu'ils
sont suspects.

— Et si j'y vais, on dira...

— On dira que tu les protèges, c'est tout. On le
dit déjà. Un peu plus ou un peu moins...

— Tu as l'intention de m'accompagner ?

— Sans aucun doute.

— Si tu veux...

Le pauvre Chabot ne résistait plus, s'abandonnait
aux initiatives de Maigret.

— Il est temps que je monte au Palais.

Ils sortirent ensemble et le ciel était toujours du
même blanc à la fois lumineux et glauque, comme
un ciel qu'on voit reflété par l'eau d'une mare. Le
vent restait violent et, aux coins de rues, les robes
des femmes leur collaient au corps, parfois un
homme perdait son chapeau et se mettait à courir
après avec des gestes grotesques.

Chacun s'en alla dans une direction opposée.

— Quand est-ce que je te revois ?

— Je passerai peut-être par ton cabinet. Sinon, je
serai chez toi pour dîner. A quelle heure est le bridge
des Vernoux ?

— Huit heures et demie.

— Je t'avertis que je ne sais pas jouer.

— Cela ne fait rien.

Des rideaux bougeaient au passage de Maigret qui

suivait le trottoir, la pipe aux dents, les mains dans les poches, la tête penchée pour empêcher son chapeau de s'envoler. Une fois seul, il se sentait un peu moins rassuré. Tout ce qu'il venait de dire à son ami Chabot était vrai. Mais, quand il était intervenu, le matin, à la fin de l'interrogatoire Chalus, il n'en avait pas moins obéi à une impulsion et, derrière celle-ci, il y avait le désir de tirer le juge d'une situation embarrassante.

L'atmosphère de la ville restait inquiétante. Les gens avaient beau aller à leurs occupations comme d'habitude, on n'en sentait pas moins une certaine angoisse dans le regard des passants qui semblaient marcher plus vite, comme s'ils redoutaient de voir soudain surgir l'assassin. Les autres jours, Maigret l'aurait juré, les ménagères ne devaient pas se grouper sur les seuils comme aujourd'hui, à parler bas.

On le suivait des yeux et il croyait lire sur les visages une question muette. Allait-il faire quelque chose ? Ou bien l'inconnu pourrait-il continuer à tuer impunément ?

Certains lui adressaient un salut timide comme pour lui dire :

« — Nous savons qui vous êtes. Vous avez la réputation de mener à bien les enquêtes les plus difficiles. Et, *vous*, vous ne vous laisserez pas impressionner par certaines personnalités. »

Il faillit entrer au Café de la Poste pour boire un demi. Malheureusement il y avait au moins une douzaine de personnes à l'intérieur, qui toutes tournèrent la tête vers lui quand il s'approcha de la porte, et il n'eut pas envie, tout de suite, d'avoir à répondre aux questions qu'on lui poserait.

Au fait, pour se rendre dans le quartier des

casernes, il fallait traverser le Champ-de-Mars, une vaste étendue nue encadrée d'arbres récemment plantés qui grelottaient sous la bise.

Il prit la même petite rue que le docteur avait prise la veille au soir, celle où Gobillard avait été assommé. En passant devant une maison, il entendit des éclats de voix au second étage. C'était sans doute là qu'habitait Emile Chalus, l'instituteur. Plusieurs personnes discutaient avec passion, des amis à lui qui avaient dû venir aux nouvelles.

Il traversa le Champ-de-Mars, contourna la caserne, prit la rue de droite et chercha la grande bâtisse délabrée que son ami lui avait décrite. Il n'y en avait qu'une de ce genre-là, dans une rue déserte, entre deux terrains vagues. Ce que cela avait été jadis, il était difficile de le deviner, un entrepôt ou un moulin, peut-être une petite manufacture ? Des enfants jouaient dehors. D'autres, plus petits, le derrière nu, se traînaient dans le corridor. Une grosse femme aux cheveux qui lui tombaient dans le dos passa la tête par l'entrebâillement d'une porte et celle-là n'avait jamais entendu parler du commissaire Maigret.

— Qu'est-ce que vous cherchez ?

— Mlle Sabati.

— Louise ?

— Je crois que c'est son prénom.

— Faites le tour de la maison et entrez par la porte de derrière. Montez l'escalier. Il n'y a qu'une porte. C'est là.

Il fit ce qu'on lui disait, frôla des poubelles, enjamba des détritus, cependant qu'il entendait les clairons sonner dans la cour de la caserne. La porte extérieure dont on venait de lui parler était ouverte.

Un escalier raide, sans rampe, le conduisit à un étage qui n'était pas de niveau avec les autres et il frappa à une porte peinte en bleu.

D'abord, on ne répondit pas. Il frappa plus fort, entendit des pas de femme en savates, dut néanmoins frapper une troisième fois avant qu'on lui demande :

— Qu'est-ce que c'est ?

— Mlle Sabati ?

— Que voulez-vous ?

— Vous parler.

Il ajouta à tout hasard :

— De la part du docteur.

— Un instant.

Elle repartit, sans doute pour passer un vêtement convenable. Quand elle ouvrit enfin la porte, elle portait une robe de chambre à ramages, en mauvais coton, sous laquelle elle ne devait avoir qu'une chemise de nuit. Ses pieds étaient nus dans les pantoufles, ses cheveux noirs non coiffés.

— Vous dormiez ?

— Non.

Elle l'examinait des pieds à la tête avec méfiance. Derrière elle, au-delà d'un palier minuscule, on voyait une chambre en désordre dans laquelle elle ne le priait pas d'entrer.

— Qu'est-ce qu'*il* me fait dire ?

Comme elle tournait un peu la tête de côté, il remarqua une ecchymose autour de l'œil gauche. Elle n'était pas tout à fait récente. Le bleu commençait à tourner au jaune.

— N'ayez pas peur. Je suis un ami. Je voudrais seulement vous parler pendant quelques instants.

Ce qui dut la décider à le laisser entrer c'est que

deux ou trois gamins étaient venus les observer au bas des marches.

Il n'y avait que deux pièces, la chambre, qu'il ne fit qu'entrevoir et dont le lit était défait, et une cuisine. Sur la table, un roman était ouvert à côté d'un bol qui contenait encore du café au lait, un morceau de beurre restait sur une assiette.

Louise Sabati n'était pas belle. En robe noire et tablier blanc, elle devait avoir cet air fatigué qu'on voit à la plupart des femmes de chambre dans les hôtels de province. Il y avait pourtant quelque chose d'attachant, de presque pathétique dans son visage pâle où des yeux sombres vivaient intensément.

Elle débarrassa une chaise.

— C'est vraiment Alain qui vous a envoyé ?

— Non.

— Il ne sait pas que vous êtes ici ?

En disant cela, elle jetait vers la porte un regard effrayé, restait debout, prête à la défense.

— N'ayez pas peur.

— Vous êtes de la police ?

— Oui et non.

— Qu'est-ce qui est arrivé ? Où est Alain ?

— Chez lui, probablement.

— Vous êtes sûr ?

— Pourquoi serait-il ailleurs ?

Elle se mordit la lèvre où le sang monta. Elle était très nerveuse, d'une nervosité maladive. Un instant, il se demanda si elle ne se droguait pas.

— Qui est-ce qui vous a parlé de moi ?

— Il y a longtemps que vous êtes la maîtresse du docteur ?

— On vous l'a dit ?

Il prenait son air le plus bonhomme et n'avait

d'ailleurs aucun effort à faire pour lui montrer de la sympathie.

— Vous venez seulement de vous lever ? questionna-t-il au lieu de répondre.

— Qu'est-ce que ça peut vous faire ?

Elle avait gardé une pointe d'accent italien, pas beaucoup. Elle devait avoir à peine plus de vingt ans et son corps, sous la robe de chambre mal coupée, était cambré ; seule la poitrine, qui avait dû être provocante, se fatiguait un peu.

— Cela ne vous ennuierait pas de vous asseoir près de moi ?

Elle ne tenait pas en place. Avec des mouvements fébriles, elle saisit une cigarette, l'alluma.

— Vous êtes sûr qu'Alain ne va pas venir ?

— Cela vous fait peur ? Pourquoi ?

— Il est jaloux.

— Il n'a aucune raison d'être jaloux de moi.

— Il l'est de tous les hommes.

Elle ajouta d'une drôle de voix :

— Il a raison.

— Que voulez-vous dire ?

— Que c'est son droit.

— Il vous aime ?

— Je crois que oui. Je sais que je n'en vaux pas la peine, mais...

— Vous ne voulez vraiment pas vous asseoir ?

— Qui êtes-vous ?

— Le commissaire Maigret, de la Police Judiciaire de Paris.

— J'ai entendu parler de vous. Qu'est-ce que vous faites ici ?

Pourquoi ne pas lui parler franchement ?

— J'y suis venu par hasard, pour rencontrer un ami que je n'ai pas vu depuis des années.

— C'est lui qui vous a parlé de moi ?

— Non. J'ai rencontré aussi votre ami Alain. Au fait, ce soir, je suis invité chez lui.

Elle sentait qu'il ne mentait pas, mais n'était pas encore rassurée. Elle n'en attira pas moins une chaise vers elle, ne s'assit pas tout de suite.

— S'il n'est pas dans l'embarras pour le moment, il risque d'y être d'une heure à l'autre.

— Pourquoi ?

Au ton dont elle prononçait ce mot, il conclut qu'elle savait déjà.

— Certains pensent qu'il est peut-être l'homme qu'on recherche.

— A cause des crimes ? Ce n'est pas vrai. Ce n'est pas lui. Il n'avait aucune raison de...

Il l'interrompit en lui tendant la lettre anonyme que le juge lui avait laissée. Elle la lut, visage tendu, sourcils froncés.

— Je me demande qui a écrit ça.

— Une femme.

— Oui. Et sûrement une femme qui habite la maison.

— Pourquoi ?

— Parce que personne d'autre n'est au courant. Même dans la maison, j'aurais juré que personne ne savait qui il est. C'est une vengeance, une saleté. Jamais Alain...

— Asseyez-vous.

Elle s'y décida enfin, prenant soin de croiser les pans de son peignoir sur ses jambes nues.

— Il y a longtemps que vous êtes sa maîtresse ?

Elle n'hésita pas.

— Huit mois et une semaine.

Cette précision faillit le faire sourire.

— Comment cela a-t-il commencé ?

— Je travaillais comme fille de salle au Café de la Poste. Il y venait de temps en temps, l'après-midi, s'asseyait toujours à la même place, près de la fenêtre, d'où il regardait passer les gens. Tout le monde le connaissait et le saluait, mais il n'entamait pas facilement la conversation. Après un certain temps, j'ai remarqué qu'il me suivait des yeux.

Elle le regarda soudain avec défi.

— Vous voulez vraiment savoir comment ça a commencé ? Eh bien ! je vais vous le dire, et vous verrez que ce n'est pas l'homme que vous croyez. Vers la fin, il lui arrivait de venir prendre un verre le soir. Une fois, il est resté jusqu'à la fermeture. J'avais plutôt tendance à me moquer de lui, à cause de ses gros yeux qui me suivaient partout. Ce soir-là, j'avais rendez-vous, dehors, avec le marchand de vins que vous rencontrerez certainement. Nous tournions à droite, par la petite rue et...

— Et quoi ?

— Eh bien ! nous nous installions sur un banc du Champ-de-Mars. Vous avez compris ? Cela ne durait jamais longtemps. Quand ça a été fini, je suis repartie seule pour traverser la place et rentrer chez moi et j'ai entendu des pas derrière moi. C'était le docteur. J'ai eu un peu peur. Je me suis retournée et lui ai demandé ce qu'il me voulait. Tout penaud, il ne savait que répondre. Savez-vous ce qu'il a fini par murmurer ?

» — *Pourquoi avez-vous fait ça ?*

» Et moi j'ai éclaté de rire.

» — *Cela vous ennuie ?*

» — *Cela m'a fait beaucoup de chagrin.*

» — *Pourquoi ?*

» C'est ainsi qu'il a fini par m'avouer qu'il m'aimait, qu'il n'avait jamais osé me le dire, qu'il était très malheureux. Vous souriez ?

— Non.

C'était vrai. Maigret ne souriait pas. Il voyait fort bien Alain Vernoux dans cette situation-là.

— Nous avons marché jusqu'à une heure ou deux du matin, le long du chemin de halage, et, à la fin, c'est moi qui pleurais.

— Il vous a accompagnée ici ?

— Pas ce soir-là. Cela a pris une semaine entière. Pendant ces jours-là, il passait presque tout son temps au café, à me surveiller. Il était même jaloux de me voir dire merci au client quand je recevais un pourboire. Il l'est toujours. Il ne veut pas que je sorte.

— Il vous frappe ?

Elle porta instinctivement la main à l'ecchymose de sa joue et, la manche du peignoir s'élevant, il vit qu'il y avait d'autres bleus sur ses bras, comme si on les avait serrés fortement entre des doigts puissants.

— C'est son droit, répliqua-t-elle non sans fierté.

— Cela arrive souvent ?

— Presque chaque fois.

— Pourquoi ?

— Si vous ne comprenez pas, je ne peux pas vous l'expliquer. Il m'aime. Il est obligé de vivre là-bas avec sa femme et ses enfants. Non seulement il n'aime pas sa femme, mais il n'aime pas ses enfants.

— Il vous l'a dit ?

— Je le sais.

— Vous le trompez ?

Elle se tut, le fixa, l'air féroce. Puis :

— On vous l'a dit ?

Et, d'une voix plus sourde :

— Cela m'est arrivé, les premiers temps, quand je n'avais pas compris. Je croyais que c'était comme avec les autres. Lorsqu'on a commencé, comme moi, à quatorze ans, on n'y attache pas d'importance. Quand il l'a su, j'ai pensé qu'il allait me tuer. Je ne dis pas ça en l'air. Je n'ai jamais vu un homme aussi effrayant. Pendant une heure, il est resté étendu sur le lit, les yeux au plafond, les poings serrés, sans dire un mot, et je sentais qu'il souffrait terriblement.

— Vous avez recommencé ?

— Deux ou trois fois. J'ai été assez bête.

— Et depuis ?

— Non !

— Il vient vous voir tous les soirs ?

— Presque tous les soirs.

— Vous l'attendiez hier ?

Elle hésita, se demandant où ses réponses pouvaient le conduire, voulant coûte que coûte protéger Alain.

— Quelle différence cela peut-il faire ?

— Il faut bien que vous sortiez pour faire votre marché.

— Je ne vais pas jusqu'en ville. Il y a un petit épicier au coin de la rue.

— Le reste du temps, vous êtes enfermée ici ?

— Je ne suis pas enfermée. La preuve, c'est que je vous ai ouvert la porte.

— Il n'a jamais parlé de vous enfermer ?

— Comment l'avez-vous deviné ?

— Il l'a fait ?

92

— Pendant une semaine.

— Les voisines s'en sont aperçues ?

— Oui.

— C'est pour cela qu'il vous a rendu la clef ?

— Je ne sais pas. Je ne comprends pas où vous voulez en venir.

— Vous l'aimez ?

— Vous vous figurez que je vivrais cette vie-là si je ne l'aimais pas ?

— Il vous donne de l'argent ?

— Quand il peut.

— Je le croyais riche.

— Tout le monde croit ça, alors qu'il est exactement dans le cas d'un jeune homme qui doit demander chaque semaine un peu d'argent à son père. Ils vivent tous dans la même maison.

— Pourquoi ?

— Est-ce que je sais ?

— Il pourrait travailler.

— Cela le regarde, non ? Des semaines entières, son père le laisse sans argent.

Maigret regarda la table où il n'y avait que du pain et du beurre.

— C'est le cas en ce moment ?

Elle haussa les épaules.

— Qu'est-ce que ça peut faire ? Moi aussi, jadis, je me faisais des idées sur les gens qu'on croit riches. De la façade, oui ! Une grosse maison avec rien dedans. Ils sont tout le temps à se chamailler pour soutirer un peu d'argent au vieux et les fournisseurs attendent parfois des mois pour se faire payer.

— Je croyais que la femme d'Alain était riche.

— Si elle avait été riche, elle ne l'aurait pas

épousé. Elle se figurait qu'il l'était. Quand elle s'est aperçue du contraire, elle s'est mise à le détester.

Il y eut un silence assez long. Maigret bourrait sa pipe, lentement, rêveusement.

— Qu'est-ce que vous êtes en train de penser ? questionna-t-elle.

— Je pense que vous l'aimez vraiment.

— C'est déjà ça !

Son ironie était amère.

— Ce que je me demande, poursuivit-elle, c'est pourquoi les gens s'en prennent tout à coup à lui. J'ai lu le journal. On ne dit rien de précis, mais je sens qu'on le soupçonne. Tout à l'heure, par la fenêtre, j'ai entendu des femmes qui parlaient dans la cour, très haut, exprès, pour que je ne perde pas un mot de ce qu'elles disaient.

— Qu'est-ce qu'elles disaient ?

— Que, du moment qu'on cherchait un fou, il n'y avait pas à aller loin pour le trouver.

— Je suppose qu'elles ont entendu les scènes qui se déroulaient chez vous ?

— Et après ?

Elle devint soudain presque furieuse et se leva de sa chaise.

— Vous aussi, parce qu'il s'est mis à aimer une fille comme moi et parce qu'il en est jaloux, vous allez vous figurer qu'il est fou ?

Maigret se leva à son tour, essaya, pour la calmer, de lui poser la main sur l'épaule, mais elle le repoussa avec colère.

— Dites-le, si c'est votre idée.

— Ce n'est *pas* mon idée.

— Vous croyez qu'il est fou ?

— Certainement pas parce qu'il vous aime.

— Mais il l'est quand même ?

— Jusqu'à preuve du contraire, je n'ai aucune raison d'en arriver à cette conclusion-là.

— Qu'est-ce que cela signifie au juste ?

— Cela signifie que vous êtes une bonne fille et que...

— Je ne suis pas une bonne fille. Je suis une traînée, une ordure, et je ne mérite pas que...

— Vous êtes une bonne fille et je vous promets de faire mon possible pour qu'on découvre le vrai coupable.

— Vous êtes persuadé que ce n'est pas lui ?

Il souffla, embarrassé, se mit, par contenance, à allumer sa pipe.

— Vous voyez bien que vous n'osez pas le dire !

— Vous êtes une bonne fille, Louise. Je reviendrai sans doute vous voir...

Mais elle avait perdu sa confiance et, en refermant la porte derrière lui, elle grommelait :

— Vous et vos promesses !...

De l'escalier, au bas duquel des gamins le guettaient, il crut l'entendre ajouter pour elle-même :

— Vous n'êtes quand même qu'un sale flic !

# 5

## *La partie de bridge*

Quand ils sortirent, à huit heures et quart, de la maison de la rue Clemenceau, ils eurent presque un mouvement de recul, tant le calme et le silence qui les enveloppaient soudain étaient surprenants.

Vers cinq heures de l'après-midi, le ciel était devenu d'un noir de Crucifixion et il avait fallu allumer les lampes partout dans la ville. Deux coups de tonnerre avaient éclaté, brefs, déchirants, et enfin les nuages s'étaient vidés, non en pluie mais en grêle, on avait vu les passants disparaître, comme balayés par la bourrasque, tandis que des boules blanches rebondissaient sur le pavé ainsi que des balles de ping-pong.

Maigret, qui se trouvait à ce moment-là au Café de la Poste, s'était levé comme les autres et tout le monde était resté debout près des vitres, à regarder la rue du même œil qu'on suit un feu d'artifice.

Maintenant, c'était fini et on était dérouté de n'entendre ni la pluie ni le vent, de marcher dans un air immobile, de voir, en levant la tête, des étoiles entre les toits.

Peut-être à cause du silence que troublait seul le bruit de leurs pas, ils marchèrent sans rien dire, montant la rue vers la place Viète. Juste à l'angle de celle-ci, ils frôlèrent un homme qui se tenait dans l'obscurité, sans bouger, un brassard blanc sur son pardessus, un gourdin à la main, et qui les suivit des yeux sans souffler mot.

Quelques pas plus loin, Maigret ouvrit la bouche pour une question et son ami, qui l'avait devinée, expliqua d'une voix contrainte :

— Le commissaire m'a téléphoné un peu avant mon départ du bureau. Cela mijotait depuis hier. Ce matin, des gamins sont allés déposer des convocations dans les boîtes aux lettres. Une réunion a eu lieu à six heures et *ils* ont constitué un comité de vigilance.

Le *ils* ne se rapportait pas aux gamins évidemment, mais aux éléments hostiles de la ville.

Chabot ajouta :

— Nous ne pouvons pas les en empêcher.

Juste devant la maison des Vernoux, rue Rabelais, trois autres hommes à brassard se tenaient sur le trottoir et les regardèrent s'approcher. Ils ne patrouillaient pas, restaient là, en faction, et on aurait pu croire qu'ils les attendaient, qu'ils allaient peut-être les empêcher d'entrer. Maigret crut reconnaître, dans le plus petit des trois, la maigre silhouette de l'instituteur Chalus.

C'était assez impressionnant. Chabot hésita à s'avancer vers le seuil, fut probablement tenté de continuer son chemin. Cela ne sentait pas encore l'émeute, ni même le désordre, mais c'était la première fois qu'ils rencontraient un signe aussi tangible du mécontentement populaire.

Calme en apparence, très digne, non sans une certaine solennité, le juge d'instruction finit par gravir les marches et soulever le marteau de la porte.

Derrière lui, il n'y eut pas un murmure, pas une plaisanterie. Toujours sans bouger, les trois hommes le regardaient faire.

Le bruit du marteau se répercuta à l'intérieur comme dans un église. Tout de suite, comme s'il s'était tenu là pour les attendre, un maître d'hôtel mania des chaînes, des verrous et les accueillit d'une révérence silencieuse.


Cela ne devait pas se passer ainsi d'habitude, car Julien Chabot marqua un temps d'arrêt sur le seuil du salon, regrettant peut-être d'être venu.

Dans une pièce aux proportions de salle de danse le grand lustre de cristal était allumé, d'autres lumières brillaient sur des tables, il y avait, groupés dans les différents angles et autour de la cheminée, assez de fauteuils pour asseoir quarante personnes.

Or, un seul homme se tenait là, au bout le plus éloigné de la pièce, Hubert Vernoux, les cheveux blancs et soyeux, qui surgissait d'un immense fauteuil Louis XIII et arrivait à leur rencontre, la main tendue.

— Je vous ai annoncé hier, dans le train, que vous viendriez me voir, Monsieur Maigret. J'ai d'ailleurs téléphoné aujourd'hui à notre ami Chabot pour m'assurer qu'il vous amènerait.

Il était vêtu de noir et son vêtement ressemblait

quelque peu à un smoking, un monocle pendait à un ruban sur sa poitrine.

— Ma famille sera là dans un instant. Je ne comprends pas pourquoi tout le monde n'est pas descendu.

Dans le compartiment pauvrement éclairé, Maigret l'avait mal vu. Ici, l'homme lui paraissait plus vieux. Quand il avait traversé le salon, sa démarche avait cette raideur mécanique des arthritiques dont les mouvements semblent commandés par des ressorts. Le visage était bouffi, d'un rose presque artificiel.

Pourquoi le commissaire pensa-t-il à un acteur devenu vieux qui s'efforce de continuer à jouer son rôle et vit dans la terreur que le public s'aperçoive qu'il est déjà à moitié mort ?

— Il faut que je leur fasse dire que vous êtes ici.

Il avait sonné, s'adressait au maître d'hôtel.

— Voyez si Madame est prête. Prévenez aussi Mlle Lucile, le docteur et Madame...

Quelque chose n'allait pas. Il en voulait à sa famille de ne pas être là. Pour le mettre à l'aise, Chabot disait en regardant les trois tables de bridge qui étaient préparées :

— Henri de Vergennes va venir ?

— Il m'a téléphoné pour s'excuser. La tempête a défoncé l'allée du château et il est dans l'impossibilité de faire sortir sa voiture.

— Aumale ?

— Le notaire a la grippe depuis ce matin. Il s'est mis au lit à midi.

Personne ne viendrait, en somme. Et c'était comme si la famille elle-même hésitait à descendre. Le maître d'hôtel ne reparaissait pas. Hubert Vernoux désigna les liqueurs sur la table.

— Servez-vous, voulez-vous ? Je vous demande de m'excuser un instant.

Il allait les chercher lui-même, montait le grand escalier aux marches de pierre, à la rampe de fer forgé.

— Combien de personnes assistent d'habitude à ces bridges ? questionna Maigret à voix basse.

— Pas beaucoup. Cinq ou six, en dehors de la famille.

— Qui est généralement au salon quand tu arrives ?

Chabot fit signe que oui, à regret. Quelqu'un entrait sans bruit, le docteur Alain Vernoux, qui, lui, ne s'était pas changé et portait le même complet mal repassé que le matin.

— Vous êtes seuls ?

— Votre père vient de monter.

— Je l'ai rencontré dans l'escalier. Ces dames ?

— Je crois qu'il est allé les appeler.

— Je ne pense pas qu'il vienne quelqu'un d'autre ?

Alain eut un mouvement de la tête vers les fenêtres que voilaient de lourds rideaux.

— Vous avez vu ?

Et, sachant qu'on avait compris de quoi il parlait :

— Ils surveillent l'hôtel. Il doit y en avoir en faction devant la porte de la ruelle aussi. C'est une très bonne chose.

— Pourquoi ?

— Parce que, si un nouveau crime est commis, on ne pourra pas l'attribuer à quelqu'un de la maison.

— Vous prévoyez un nouveau crime ?

— S'il s'agit d'un fou, il n'y a aucune raison pour que la série en reste là.

Mme Vernoux, la mère du docteur, fit enfin son entrée, suivie par son mari qui avait le teint animé, comme s'il avait dû discuter pour la décider à descendre. C'était une femme de soixante ans, aux cheveux encore bruns, aux yeux très cernés.

— Le commissaire Maigret, de la Police Judiciaire de Paris.

Elle inclina à peine la tête et alla s'asseoir dans un fauteuil qui devait être le sien. En passant, elle s'était contentée, pour le juge, d'un furtif :

— Bonsoir, Julien.

Hubert Vernoux annonçait :

— Ma belle-sœur descend tout de suite. Tout à l'heure, nous avons eu une panne d'électricité qui a retardé le dîner. Je suppose que le courant a été coupé dans toute la ville ?

Il parlait pour parler. Les mots n'avaient pas besoin d'avoir un sens. Il fallait remplir le vide du salon.

— Un cigare, commissaire ?

Pour la seconde fois depuis qu'il était à Fontenay, Maigret en accepta un, parce qu'il n'osait pas sortir sa pipe de sa poche.

— Ta femme ne descend pas ?

— Elle est probablement retenue par les enfants.

Il était déjà évident qu'Isabelle Vernoux, la mère, avait consenti à faire acte de présence, après Dieu sait quels marchandages, mais qu'elle était décidée à ne pas participer activement à la réunion. Elle avait pris un travail de tapisserie et n'écoutait pas ce qui se disait.

— Vous jouez au bridge, commissaire ?

— Désolé de vous décevoir, mais je ne joue jamais. Je m'empresse d'ajouter que je prends beaucoup de plaisir à suivre une partie.

Hubert Vernoux regarda le juge.

— Comment allons-nous jouer ? Lucile jouera certainement. Vous et moi. Je suppose, Alain...

— Non. Ne comptez pas sur moi.

— Reste ta femme. Veux-tu aller voir si elle est bientôt prête ?

Cela devenait pénible. Personne, en dehors de la maîtresse de maison, ne se décidait à s'asseoir. Le cigare de Maigret lui donnait une contenance. Hubert Vernoux en avait allumé un aussi et s'occupait à remplir les verres de fine.

Les trois hommes qui montaient la garde dehors pouvaient-ils s'imaginer que les choses se passaient ainsi à l'intérieur ?

Lucile descendit enfin et c'était, en plus maigre, en plus anguleux, la réplique de sa sœur. Elle aussi n'accorda qu'un bref regard au commissaire, marcha droit vers une des tables de jeu.

— On commence ? questionna-t-elle.

Puis, désignant vaguement Maigret :

— Il joue ?

— Non.

— Qui joue, alors ? Pourquoi m'a-t-on fait descendre ?

— Alain est allé chercher sa femme.

— Elle ne viendra pas.

— Pourquoi ?

— Parce qu'elle a ses névralgies. Les enfants ont été insupportables toute la soirée. La gouvernante a donné congé et est partie. C'est Jeanne qui s'occupe du bébé...

Hubert Vernoux s'épongea.

— Alain la décidera.

Et, tourné vers Maigret :

— J'ignore si vous avez des enfants. Il en est sans doute toujours ainsi dans les grandes familles. Chacun tire de son côté. Chacun a ses occupations, ses préférences...

Il avait raison : Alain amena sa femme, quelconque, plutôt boulotte, les yeux rouges d'avoir pleuré.

— Excusez-moi... dit-elle à son beau-père. Les enfants m'ont donné du mal.

— Il paraît que la gouvernante...

— Nous en parlerons demain.

— Le commissaire Maigret...

— Enchantée.

Celle-ci tendit la main, mais c'était une main inerte, sans chaleur.

— On joue ?

— On joue.

— Qui ?

— Vous êtes sûr, commissaire, que vous ne désirez pas être de la partie ?

— Certain.

Julien Chabot, déjà assis, en familier de la maison, battait les cartes, les étalait au milieu du tapis vert.

— A vous de tirer, Lucile.

Elle retourna un roi, son beau-frère un valet. Le juge et la femme d'Alain tirèrent un trois et un sept.

— Nous sommes ensemble.

Cela avait pris près d'une demi-heure, mais ils étaient enfin installés. Dans son coin, Isabelle Vernoux mère ne regardait personne. Maigret s'était assis en retrait, derrière Hubert Vernoux dont il voyait le jeu en même temps que celui de sa belle-fille.

— Passe.

— Un trèfle.

— Passe.

— Un cœur.

Le docteur était resté debout, avec l'air de ne savoir où se mettre. Tout le monde était en service commandé. Hubert Vernoux les avait réunis, presque de force, pour garder à la maison, peut-être à l'intention du commissaire, l'apparence d'une vie normale.

— Eh bien ! Hubert ?

Sa belle-sœur, qui était sa partenaire, le rappelait à l'ordre.

— Pardon !... Deux trèfles...

— Vous êtes sûr que vous ne devriez pas en dire trois ? J'ai annoncé un cœur sur votre trèfle, ce qui signifie que j'ai au moins deux honneurs et demi...

Dès ce moment-là, Maigret commença à se passionner à la partie. Non pas au jeu en lui-même, mais pour ce qu'il lui révélait du caractère des joueurs.

Son ami Chabot, par exemple, était d'une régularité de métronome, ses annonces exactement ce qu'elles devaient être, sans audace comme sans timidité. Il jouait sa main calmement, n'adressait aucune observation à sa partenaire. C'est tout juste si, quand la jeune femme ne lui donnait pas correctement la réplique, une ombre de contrariété passait sur son visage.

— Je vous demande pardon. J'aurais dû répondre trois piques.

— Cela n'a pas d'importance. Vous ne pouviez pas savoir ce que j'ai en main.

Dès le troisième tour, il annonça et réussit un petit schelem, s'en excusa :

— Trop facile. Je l'avais dans mon jeu.

La jeune femme, elle, avait des distractions, essayait de se reprendre et, quand la main lui restait, regardait autour d'elle comme pour demander de l'aide. Il lui arriva de se tourner vers Maigret, les doigts sur une carte, pour lui demander conseil.

Elle n'aimait pas le bridge, n'était là que parce qu'il le fallait, pour faire le quatrième.

Lucile, au contraire, dominait la table de sa personnalité. C'était elle qui, après chaque coup, commentait la partie et distribuait des observations aigres-douces.

— Puisque Jeanne a annoncé deux cœurs, vous deviez savoir de quel côté faire l'impasse. Elle avait fatalement la dame de cœur.

Elle avait raison, d'ailleurs. Elle avait toujours raison. Ses petits yeux noirs semblaient voir à travers les cartes.

— Qu'est-ce que vous avez aujourd'hui, Hubert ?

— Mais...

— Vous jouez comme un débutant. C'est tout juste si vous entendez les annonces. Nous aurions pu gagner la manche par trois sans atout et vous demandez quatre trèfles que vous ne réussissez pas.

— J'attendais que vous le disiez...

— Je n'avais pas à vous parler de mes carreaux. C'était à vous de...

Hubert Vernoux essaya de se rattraper. Il fut comme ces joueurs à la roulette qui, une fois en perte, se raccrochent à l'espoir que la chance va tourner d'un moment à l'autre et essayent tous les numéros, voyant avec rage sortir celui qu'ils viennent d'abandonner.

Presque toujours, il annonçait au-dessus de son jeu, comptant sur les cartes de sa partenaire, et, quand il ne les trouvait pas, mordait nerveusement le bout de son cigare.

— Je vous assure, Lucile, que j'étais parfaitement dans mon droit en annonçant deux piques d'entrée.

— Sauf que vous n'aviez ni l'as de pique ni celui de carreau.

— Mais j'avais...

Il énumérait ses cartes, le sang lui montait à la tête, tandis qu'elle le regardait avec une froideur féroce.

Pour se remettre à flot, il annonçait toujours plus dangereusement, au point que ce n'était plus du bridge, mais du poker.

Alain était allé tenir un moment compagnie à sa mère. Il revint se camper derrière les joueurs, regardant les cartes sans intérêt de ses gros yeux brouillés par les lunettes.

— Vous y comprenez quelque chose, commissaire ?

— Je connais les règles. Je suis capable de suivre la partie, mais pas de la jouer.

— Cela vous intéresse ?

— Beaucoup.

Il examina le commissaire avec plus d'attention, parut comprendre que l'intérêt de Maigret résidait dans le comportement des joueurs bien plus que dans les cartes et il regarda sa tante et son père d'un air ennuyé.

Chabot et la femme d'Alain gagnèrent le premier robre.

— On change ? proposa Lucile.

— A moins que nous prenions notre revanche comme nous sommes.

— Je préfère changer de partenaire.

Ce fut un tort de sa part. Elle se trouvait jouer avec Chabot, qui ne faisait pas d'erreur et à qui il lui était impossible d'adresser des reproches. Jeanne jouait mal. Mais, peut-être parce qu'elle annonçait invariablement trop bas, Hubert Vernoux gagna les deux manches coup sur coup.

— C'est de la chance, rien d'autre.

Ce n'était pas tout à fait vrai. Il avait eu du jeu, certes. Mais, s'il avait annoncé avec autant d'audace, il n'aurait pas gagné, car rien ne pouvait lui laisser espérer les cartes que lui apportait sa partenaire.

— On continue ?

— On finit le tour.

Cette fois, Vernoux était avec le juge, les deux femmes ensemble. Et ce furent les hommes qui gagnèrent, de sorte que Hubert Vernoux avait gagné deux parties sur trois.

On aurait dit qu'il en était soulagé, comme si cette partie avait eu pour lui une importance considérable. Il s'épongea, alla se verser à boire, apporta un verre à Maigret.

— Vous voyez que, quoi qu'en dise ma belle-sœur, je ne suis pas si imprudent. Ce qu'elle ne comprend pas, c'est que, si on parvient à saisir le mécanisme de pensée de l'adversaire, on a la partie à moitié gagnée, quelles que soient les cartes. Il en est de même pour vendre une ferme ou un terrain. Sachez ce que l'acheteur a dans la tête et...

— Je vous en prie, Hubert.

— Quoi ?

— Vous pourriez peut-être ne pas parler affaires ici ?

— Je vous demande pardon. J'oublie que les femmes veulent qu'on gagne de l'argent mais qu'elles préfèrent ignorer comment il se gagne.

Cela aussi, c'était une imprudence. Sa femme, de son lointain fauteuil, le rappela à l'ordre.

— Vous avez bu ?

Maigret l'avait vu boire trois ou quatre cognacs. Il avait été frappé par la façon dont Vernoux remplissait son verre, furtivement, comme à la sauvette, dans l'espoir que sa femme et sa belle-sœur ne le verraient pas. Il avalait l'alcool d'un trait puis, par contenance, remplissait le verre du commissaire.

— J'ai juste pris deux verres.

— Ils vous ont porté à la tête.

— Je crois, commença Chabot en se levant et en tirant sa montre de sa poche, qu'il est temps que nous partions.

— Il est à peine dix heures et demie.

— Vous oubliez que j'ai beaucoup de travail. Mon ami Maigret doit commencer à être fatigué, lui aussi.

Alain paraissait déçu. Maigret aurait juré que, pendant toute la soirée, le docteur avait rôdé autour de lui avec l'espoir de l'attirer dans un coin.

Les autres ne les retinrent pas. Hubert Vernoux n'osa pas insister. Que se passerait-il quand les joueurs seraient partis et qu'il resterait seul en face des trois femmes ? Car Alain ne comptait pas. C'était visible. Personne ne s'était occupé de lui. Il monterait sans doute dans sa chambre ou dans son laboratoire. Sa femme faisait davantage partie de la famille que lui-même.

C'était une famille de femmes, en somme, Maigret le découvrait tout à coup. On avait permis à Hubert Vernoux de jouer au bridge, à la condition de bien se tenir, et on n'avait cessé de le surveiller comme un enfant.

Etait-ce pour cela que, hors de chez lui, il se raccrochait si désespérément au personnage qu'il s'était créé, attentif aux moindres détails vestimentaires ?

Qui sait ? Peut-être, tout à l'heure, en allant les chercher là-haut, les avait-il suppliées d'être gentilles avec lui, de lui laisser jouer son rôle de maître de maison sans l'humilier par leurs remarques.

Il louchait vers la carafe de fine.

— Un dernier verre, commissaire, ce que les Anglais appellent un *night cap* ?

Maigret, qui n'en avait pas envie, dit oui pour lui donner l'occasion d'en boire un aussi, et tandis que Vernoux portait le verre à ses lèvres il surprit le regard fixe de sa femme, vit la main hésiter puis, à regret, reposer le verre.

Comme le juge et le commissaire arrivaient à la porte, où le maître d'hôtel les attendait avec leur vestiaire, Alain murmura :

— Je me demande si je ne vais pas vous accompagner un bout de chemin.

Il ne paraissait pas s'inquiéter, lui, des réactions des femmes, qui semblaient surprises. La sienne ne protesta pas. Cela devait lui être indifférent qu'il sorte ou non, étant donné le peu de place qu'il tenait dans sa vie. Elle s'était rapprochée de sa belle-mère dont elle admirait le travail en hochant la tête.

— Cela ne vous ennuie pas, commissaire ?

— Pas du tout.

L'air de la nuit était frais, d'une autre fraîcheur que les nuits précédentes, et on avait envie de s'en emplir les poumons, de saluer les étoiles qu'on retrouvait à leur place après si longtemps.

Les trois hommes à brassard étaient toujours sur le trottoir et, cette fois, reculèrent d'un pas pour les laisser passer. Alain n'avait pas mis de pardessus. Il s'était coiffé, en passant devant le portemanteau, d'un chapeau de feutre mou que les pluies récentes avaient déformé.

Vu comme cela, le corps en avant, les mains dans les poches, il ressemblait plus à un étudiant de dernière année qu'à un homme marié et père de famille.

Dans la rue Rabelais, ils ne purent parler, car les voix portaient loin et ils avaient conscience de la présence des trois veilleurs derrière eux. Alain sursauta en frôlant celui qui était en faction au coin de la place Viète et qu'il n'avait pas vu.

— Je suppose qu'ils en ont mis dans toute la ville ? murmura-t-il.

— Certainement. Ils vont se relayer.

Peu de fenêtres restaient éclairées. Les gens se couchaient tôt. On voyait de loin, dans la longue perspective de la rue de la République, les lumières du Café de la Poste encore ouvert, et deux ou trois passants isolés disparurent l'un après l'autre.

Quand ils atteignirent la maison du juge, ils n'avaient pas encore eu le temps d'échanger dix phrases. Chabot murmura à regret :

— Vous entrez ?

Maigret dit non :

— Il est inutile d'éveiller ta mère.

— Elle ne dort pas. Elle ne se couche jamais avant que je sois rentré.

— Nous nous verrons demain matin.

— Ici ?

— Je passerai au Palais.

— J'ai un certain nombre de coups de téléphone à donner avant de me coucher. Peut-être y a-t-il du nouveau ?

— Bonsoir, Chabot.

— Bonsoir, Maigret. Bonsoir, Alain.

Ils se serrèrent la main. La clef tourna dans la serrure ; un moment plus tard la porte se refermait.

— Je vous accompagne jusqu'à l'hôtel ?

Il n'y avait plus qu'eux dans la rue. L'espace d'un éclair, Maigret eut la vision du docteur sortant une main de sa poche et lui frappant le crâne avec un objet dur, un bout de tuyau de plomb ou une clef anglaise.

Il répondit :

— Volontiers.

Ils marchèrent. Alain ne se décidait pas tout de suite à parler. Quand il le fit, ce fut pour demander :

— Qu'est-ce que vous en pensez ?

— De quoi ?

— De mon père.

Qu'est-ce que Maigret aurait pu répondre ? Ce qui était intéressant c'était le fait que la question était posée, que le jeune docteur soit sorti de chez lui rien que pour la poser.

— Je ne crois pas qu'il ait eu une existence heureuse, murmura cependant le commissaire, sans y mettre trop de conviction.

— Il y a des gens qui ont une existence heureuse ?

— Pendant un certain temps, tout au moins. Vous êtes malheureux, Monsieur Vernoux ?

— Moi, je ne compte pas.

— Vous essayez pourtant de décrocher votre part de joies.

Les gros yeux se fixèrent sur lui.

— Que voulez-vous dire ?

— Rien. Ou, si vous préférez, qu'il n'existe pas de gens absolument malheureux. Chacun se raccroche à quelque chose, se crée une sorte de bonheur.

— Vous vous rendez compte de ce que cela signifie ?

Et, comme Maigret ne répondait pas :

— Savez-vous que c'est à cause de cette recherche de ce que j'appellerais les compensations, cette recherche d'un bonheur malgré tout, que naissent les manies et, souvent, les déséquilibres ? Les hommes qui, en ce moment, boivent et jouent aux cartes au Café de la Poste, essaient de se persuader qu'ils y trouvent du plaisir.

— Et vous ?

— Je ne comprends pas la question.

— Vous ne cherchez pas des compensations ?

Cette fois, Alain fut inquiet, soupçonna Maigret d'en savoir davantage, hésitant à l'interroger.

— Vous oserez vous rendre, ce soir, au quartier des casernes ?

C'était plutôt par pitié que le commissaire demandait ça, pour le débarrasser de ses doutes.

— Vous savez ?

— Oui.

— Vous lui avez parlé ?

— Longuement.

— Qu'est-ce qu'elle vous a dit ?

— Tout.

— J'ai tort ?

— Je ne vous juge pas. C'est vous qui avez évoqué la recherche instinctive des compensations. Quelles sont les compensations de votre père ?

Ils avaient baissé la voix, car ils étaient arrivés devant la porte ouverte de l'hôtel dans le hall duquel une seule lampe restait allumée.

— Pourquoi ne répondez-vous pas ?

— Parce que j'ignore la réponse.

— Il n'a pas d'aventures ?

— Certainement pas à Fontenay. Il est trop connu et cela se saurait.

— Et vous ? Cela se sait aussi ?

— Non. Mon cas n'est pas le même. Quand mon père se rend à Paris ou à Bordeaux, je suppose qu'il s'offre des distractions.

Il murmura pour lui-même :

— Pauvre papa !

Maigret le regarda avec surprise.

— Vous aimez votre père ?

Pudiquement, Alain répondit :

— En tout cas, je le plains.

— Il en a toujours été ainsi ?

— Cela a été pis. Ma mère et ma tante se sont un peu calmées.

— Qu'est-ce qu'elles lui reprochent ?

— D'être un roturier, le fils d'un marchand de bestiaux qui s'enivrait dans les auberges de villages. Les Courçon ne lui ont jamais pardonné d'avoir eu besoin de lui, comprenez-vous ? Et, du temps du vieux Courçon, la situation était plus cruelle parce que Courçon était encore plus cinglant que ses filles et que son fils Robert. Jusqu'à la mort de mon père, tous les Courçon de la terre lui en voudront de ce qu'ils ne vivent que de son argent.

— Comment vous traitent-ils, vous ?

— Comme un Vernoux. Et ma femme, dont le père était vicomte de Cadeuil, fait bloc avec ma mère et ma tante.

— Vous aviez l'intention de me dire tout ça ce soir ?

— Je ne sais pas.

— Vous teniez à me parler de votre père ?

— J'avais envie de savoir ce que vous pensiez de lui.

— N'étiez-vous pas surtout anxieux de savoir si j'avais découvert l'existence de Louise Sabati ?

— Comment avez-vous su ?

— Par une lettre anonyme.

— Le juge est au courant ? La police ?

— Ils ne s'en préoccupent pas.

— Mais ils le feront ?

— Pas si on découvre l'assassin dans un délai assez court. J'ai la lettre dans ma poche. Je n'ai pas parlé à Chabot de mon entrevue avec Louise.

— Pourquoi ?

— Parce que je ne pense pas que, dans l'état de l'enquête, cela présente de l'intérêt.

— Elle n'y est pour rien.

— Dites-moi, Monsieur Vernoux...

— Oui.

— Quel âge avez-vous ?

— Trente-six ans.

— A quel âge avez-vous terminé vos études ?

— J'ai quitté la Faculté de Médecine à vingt-cinq ans et j'ai fait ensuite un internat de deux ans à Sainte-Anne.

— Vous n'avez jamais été tenté de vivre par vous-même ?

Il parut soudain découragé.

— Vous ne répondez pas ?

— Je n'ai rien à répondre. Vous ne comprendriez pas.

— Manque de courage ?

— Je savais que vous appelleriez cela comme ça.

— Vous n'êtes pourtant pas revenu à Fontenay-le-Comte pour protéger votre père ?

— Voyez-vous, c'est à la fois plus simple et plus compliqué. Je suis revenu un jour pour passer quelques semaines de vacances.

— Et vous êtes resté ?

— Oui.

— Par veulerie ?

— Si vous voulez. Encore que ce ne soit pas exact.

— Vous aviez l'impression que vous ne pouviez pas faire autre chose ?

Alain laissa tomber le sujet.

— Comment est Louise ?

— Comme toujours, je suppose.

— Elle n'est pas inquiète ?

— Il y a longtemps que vous ne l'avez vue ?

— Deux jours. Je me rendais chez elle hier au soir. Après, je n'ai pas osé. Aujourd'hui non plus. Ce soir, c'est pis, avec les hommes qui patrouillent les rues. Comprenez-vous pourquoi, dès le premier meurtre, c'est à nous que la rumeur publique s'en est prise ?

— C'est un phénomène que j'ai souvent constaté.

— Pourquoi nous choisir ?

— Qui croyez-vous qu'ils soupçonnent ? Votre père ou vous ?

— Cela leur est égal, pourvu que ce soit

quelqu'un de la famille. Ma mère ou ma tante feraient aussi bien leur affaire.

Ils durent se taire car des pas approchaient. C'étaient deux hommes à brassard, à gourdins, qui les dévisagèrent en passant. L'un d'eux braqua sur eux le faisceau d'une torche électrique et, en s'éloignant, dit tout haut à son compagnon :

— C'est Maigret.

— L'autre est le fils Vernoux.

— Je l'ai reconnu.

Le commissaire conseilla à son compagnon :

— Vous feriez mieux de rentrer chez vous.

— Oui.

— Et de ne pas discuter avec eux.

— Je vous remercie.

— De quoi ?

— De rien.

Il ne tendit pas la main. Le chapeau de travers, il s'éloigna, penché en avant, dans la direction du pont, et la patrouille qui s'était arrêtée le regarda passer en silence.

Maigret haussa les épaules, pénétra dans l'hôtel et attendit qu'on lui remît sa clef. Il y avait deux autres lettres pour lui, sans doute anonymes, mais le papier n'était plus le même, ni l'écriture.

# 6

## *La messe de dix heures et demie*

Quand il sut que c'était dimanche, il se mit à traî-
ner. Déjà avant ça, il avait joué à un jeu secret de
sa toute petite enfance. Il lui arrivait encore d'y jouer
couché à côté de sa femme, ayant soin de n'en rien
laisser deviner. Et elle s'y trompait, disait en lui
apportant sa tasse de café :

— Qu'est-ce que tu rêvais ?

— Pourquoi ?

— Tu souriais aux anges.

Ce matin-là, à Fontenay, avant d'ouvrir les yeux,
il sentit un rayon de soleil qui lui traversait les paupières. Il ne faisait pas que le sentir. Il avait l'impression de le voir à travers la fine peau qui picotait et,
sans doute à cause du sang qui circulait dans celle-
ci, c'était un soleil plus rouge que celui du ciel,
triomphant, comme sur les images.

Il pouvait créer tout un monde avec ce soleil-là,
des gerbes d'étincelles, des volcans, des cascades
d'or en fusion. Il suffisait de remuer légèrement les

paupières, à la façon d'un kaléidoscope, en se servant des cils comme d'une grille.

Il entendit les pigeons qui roucoulaient sur une corniche au-dessus de sa fenêtre, puis des cloches sonnèrent en deux endroits à la fois, et il devinait les clochers pointant dans le ciel qui devait être d'un bleu uni.

Il continuait le jeu tout en écoutant les bruits de la rue et c'est alors, à l'écho que laissaient les pas, à une certaine qualité de silence, qu'il reconnut qu'on était dimanche.

Il hésita longtemps avant de tendre le bras pour saisir sa montre sur la table de nuit. Elle marquait neuf heures et demie. A Paris, boulevard Richard-Lenoir, si le printemps était enfin venu aussi, Mme Maigret devait avoir ouvert les fenêtres et faisait la chambre, en peignoir et en pantoufles, pendant qu'un ragoût mijotait sur le feu.

Il se promit de lui téléphoner. Comme il n'y avait pas le téléphone dans les chambres, il fallait attendre qu'il descende pour l'appeler de la cabine.

Il pressa la poire électrique. La femme de chambre lui parut plus propre, plus gaie que la veille.

— Qu'est-ce que vous allez manger ?

— Rien. Je voudrais beaucoup de café.

Elle avait la même façon curieuse de le regarder.

— Je vous fais couler un bain ?

— Seulement quand j'aurai bu mon café.

Il alluma une pipe, alla ouvrir la fenêtre. L'air était encore frais, il dut passer sa robe de chambre, mais on sentait déjà de petites vagues tièdes. Les façades, les pavés avaient séché. La rue était déserte, avec parfois une famille endimanchée qui passait, une femme de la campagne qui tenait un bouquet de lilas violets à la main.

La vie de l'hôtel devait se dérouler au ralenti car il attendit longtemps son café. Il avait laissé les deux lettres reçues la veille au soir sur la table de nuit. L'une des deux était signée. L'écriture était aussi nette que sur une gravure, d'une encre noire comme de l'encre de Chine.

*« Vous a-t-on dit que la veuve Gibon est la sage-femme qui a accouché Mme Vernoux de son fils Alain ?*

*C'est peut-être utile à savoir.*

*Salutations.*

*Anselme Remouchamps. »*

La seconde lettre, anonyme, était écrite sur du papier d'excellente qualité dont on avait coupé la partie supérieure, sans doute pour supprimer l'en-tête. Elle était écrite au crayon.

*« Pourquoi n'interroge-t-on pas les domestiques ? Ils en savent plus que n'importe qui. »*

Quand il avait lu ces deux lignes-là, la veille au soir, avant de se coucher, Maigret avait eu l'intuition qu'elles avaient été écrites par le maître d'hôtel qui l'avait accueilli sans un mot rue Rabelais et qui, au départ, lui avait passé son pardessus. L'homme, brun de poil, la chair drue, avait entre quarante et cinquante ans. Il donnait l'impression d'un fils de métayer qui n'a pas voulu cultiver la terre et qui entretient autant de haine pour les gens riches qu'il voue de mépris aux paysans dont il est sorti.

Il serait sans doute facile d'obtenir un spécimen de son écriture. Peut-être même le papier appartenait-il aux Vernoux ?

Tout cela était à vérifier. A Paris, la besogne aurait été simple. Ici, en définitive, cela ne le regardait pas.

Quand la femme de chambre entra enfin avec le café, il lui demanda :

— Vous êtes de Fontenay ?

— Je suis née rue des Loges.

— Vous connaissez un certain Remouchamps ?

— Le cordonnier ?

— Son prénom est Anselme.

— C'est le cordonnier qui habite deux maisons plus loin que ma mère, celui qui a sur le nez une verrue aussi grosse qu'un œuf de pigeon.

— Quel genre d'homme est-ce ?

— Il est veuf depuis je ne sais combien d'années. Je l'ai toujours connu veuf. Il ricane drôlement au passage des petites filles, pour leur faire peur.

Elle le regarda avec surprise.

— Vous fumez votre pipe avant de boire votre café ?

— Vous pouvez préparer mon bain.

Il alla le prendre dans la salle de bains au fond du couloir, resta longtemps dans l'eau chaude, à rêvasser. Plusieurs fois il ouvrit la bouche comme pour parler à sa femme, qu'il entendait d'habitude, pendant son bain, aller et venir dans la chambre voisine.

Il était dix heures et quart quand il descendit. Le patron était derrière le bureau, en tenue de cuisinier.

— Le juge d'instruction a téléphoné deux fois.

— A quelle heure ?

— La première fois, un peu après neuf heures, la

seconde il y a quelques minutes. La seconde fois, j'ai répondu que vous n'alliez pas tarder à descendre.

— Puis-je avoir la communication avec Paris ?

— Un dimanche, ce ne sera peut-être pas long.

Il dit son numéro, alla prendre l'air sur le seuil. Il n'y avait personne, aujourd'hui, pour le regarder. Un coq chantait quelque part, pas loin, et on entendait couler l'eau de la Vendée. Quand une vieille femme en chapeau violet passa près de lui, il aurait juré que ses vêtements dégageaient une odeur d'encens.

C'était bien dimanche.

— Allô ! C'est toi ?

— Tu es toujours à Fontenay ? Tu me téléphones de chez Chabot ? Comment va sa mère ?

Au lieu de répondre, il questionna à son tour :

— Quel temps fait-il à Paris ?

— Depuis hier midi, c'est le printemps.

— Hier midi ?

— Oui. Cela a commencé aussitôt après le déjeuner.

Il avait perdu une demi-journée de soleil !

— Et là-bas ?

— Il fait beau aussi.

— Tu n'as pas pris froid ?

— Je suis très bien.

— Tu rentres demain matin ?

— Je crois.

— Tu n'es pas sûr ? Je croyais...

— Je serai peut-être retenu quelques heures.

— Par quoi ?

— Du travail.

— Tu m'avais dit...

... Qu'il en profiterait pour se reposer, bien sûr ! Est-ce qu'il ne se reposait pas ?

Ce fut à peu près tout. Ils échangèrent les phrases qu'ils avaient l'habitude d'échanger par téléphone.

Après quoi il demanda Chabot chez lui. Rose lui répondit que le juge était parti pour le Palais à huit heures du matin. Il appela le Palais de Justice.

— Du nouveau ?

— Oui. On a retrouvé l'arme. C'est pourquoi je t'ai appelé. On m'a répondu que tu dormais. Tu peux monter jusqu'ici ?

— J'y serai dans quelques minutes.

— Les portes sont fermées. Je vais te guetter par la fenêtre et je t'ouvrirai.

— Cela ne va pas ?

Chabot, à l'appareil, paraissait abattu.

— Je t'en parlerai.

Maigret n'en prit pas moins son temps. Il tenait à savourer le dimanche et il se trouva bientôt, marchant lentement, dans la rue de la République où le Café de la Poste avait déjà installé les chaises et les guéridons jaunes de la terrasse.

Deux maisons plus loin, la porte de la pâtisserie était ouverte et Maigret ralentit encore pour respirer l'odeur sucrée.

Les cloches sonnaient. Une certaine animation naissait dans la rue, à peu près en face de chez Julien Chabot. C'était la foule qui commençait à sortir de la messe de dix heures et demie à l'église Notre-Dame. Il lui sembla que les gens ne se comportaient pas tout à fait comme ils devaient le faire les autres dimanches. Rares étaient les fidèles qui s'éloignaient directement pour rentrer chez eux.

Des groupes se formaient sur la place, qui ne dis-

124

cutaient pas avec animation, mais parlaient bas, souvent se taisaient en regardant les portes par où s'écoulait le flot des paroissiens. Même les femmes s'attardaient, tenant leur livre de messe doré sur tranches dans leur main gantée, et presque toutes portaient un chapeau clair de printemps.

Devant le parvis, une longue auto brillante stationnait, avec, debout près de la portière, un chauffeur en uniforme noir en qui Maigret reconnut le maître d'hôtel des Vernoux.

Est-ce que ceux-ci, qui n'habitaient pas à plus de quatre cents mètres, avaient l'habitude de se faire conduire à la grand-messe en auto ? C'était possible. Cela faisait peut-être partie de leurs traditions. Il était possible aussi qu'ils aient pris la voiture aujourd'hui, pour éviter, dans les rues, le contact des curieux.

Ils sortaient justement et la tête blanche d'Hubert Vernoux dépassait les autres. Il marchait à pas lents, son chapeau à la main. Quand il fut en haut des marches, Maigret reconnut, à ses côtés, sa femme, sa belle-sœur et sa bru.

La foule s'écartait insensiblement. On ne faisait pas la haie à proprement parler, mais il n'y en avait pas moins un espace vide autour d'eux et tous les regards convergeaient vers leur groupe.

Le chauffeur ouvrit la portière. Les femmes entrèrent d'abord. Puis Hubert Vernoux prit place à l'avant et la limousine glissa en direction de la place Viète.

Peut-être à ce moment-là, un mot lancé par quelqu'un dans la foule, un cri, un geste aurait-il suffi à faire éclater la colère populaire. Ailleurs qu'à la sortie de l'église, cela aurait eu des chances de se produire. Les visages étaient durs et, si les nuages avaient été balayés du ciel, il restait de l'inquiétude dans l'air.

Quelques personnes saluèrent timidement le commissaire. Avaient-elles encore confiance en lui ? On le regardait monter la rue à son tour, la pipe à la bouche, les épaules rondes.

Il contourna la place Viète, s'engagea dans la rue Rabelais. En face de chez Vernoux, sur l'autre trottoir, deux jeunes gens qui n'avaient pas vingt ans montaient la garde. Ils ne portaient pas de brassard, n'avaient pas de gourdin. Ces accessoires semblaient réservés aux patrouilles de nuit. Ils n'en étaient pas moins en service commandé et ils s'en montraient fiers.

L'un souleva sa casquette au passage de Maigret, l'autre pas.

Six ou sept journalistes étaient groupés sur les marches du Palais de Justice dont les grandes portes étaient fermées et Lomel s'était assis, ses appareils posés à côté de lui.

— Vous croyez qu'on va vous ouvrir ? lança-t-il à Maigret. Vous connaissez la nouvelle ?

— Quelle nouvelle ?

— Il paraît qu'on a retrouvé l'arme. Ils sont en grande conférence là-dedans.

La porte s'entrouvrit. Chabot fit signe à Maigret d'entrer vite et, dès qu'il fut passé, repoussa le battant comme s'il craignait une invasion en force des reporters.

Les couloirs étaient sombres et toute l'humidité des dernières semaines stagnait entre les murs de pierre.

— J'aurais voulu, d'abord, te parler en particulier, mais cela a été impossible.

Il y avait de la lumière dans le bureau du juge. Le procureur était là, assis sur une chaise qu'il renversait en arrière, la cigarette aux lèvres. Le commissaire Féron y était aussi, ainsi que l'inspecteur Chabiron qui ne put s'empêcher de lancer à Maigret un regard à la fois triomphant et goguenard.

Sur le bureau, le commissaire vit tout de suite un morceau de tuyau de plomb d'environ vingt-cinq centimètres de long et quatre centimètres de diamètre.

— C'est ça ?

Tout le monde fit signe que oui.

— Pas d'empreintes ?

— Seulement des traces de sang et deux ou trois cheveux collés.

Le tuyau, peint en vert sombre, avait fait partie de l'installation d'une cuisine, d'une cave ou d'un garage. Les sections étaient nettes, faites vraisemblablement par un professionnel plusieurs mois auparavant, car le métal avait eu le temps de se ternir.

Le morceau avait-il été coupé lorsqu'on avait déplacé un évier ou un appareil quelconque ? C'était probable.

Maigret ouvrit la bouche pour demander où l'objet avait été découvert quand Chabot parla :

— Racontez, inspecteur.

Chabiron, qui n'attendait que ce signal, prit un air modeste :

— Nous, à Poitiers, nous en sommes encore aux bonnes vieilles méthodes. De même que j'ai questionné avec mon camarade tous les habitants de la rue, je me suis mis à fouiller dans les coins. A quelques mètres de l'endroit où Gobillard a été assommé, il y a une grande porte qui donne sur une cour appartenant à un marchand de chevaux et entourée d'écuries. Ce matin, j'ai eu la curiosité d'y aller voir. Et, parmi le fumier qui couvre le sol, je n'ai pas tardé à trouver cet objet-là. Selon toutes probabilités, l'assassin, entendant des pas, l'a lancé pardessus le mur.

— Qui l'a examiné pour les empreintes ?

— Moi. Le commissaire Féron m'a aidé. Si nous ne sommes pas des experts, nous en savons assez pour relever des empreintes digitales. Il est certain que le meurtrier de Gobillard portait des gants. Quant aux cheveux, nous sommes allés à la morgue pour les comparer avec ceux du mort.

Il conclut avec satisfaction :

— Ça colle.

Maigret se garda d'émettre une opinion quelconque. Il y eut un silence, que le juge finit par rompre.

— Nous étions en train de discuter de ce qu'il convient maintenant de faire. Cette découverte paraît, du moins à première vue, confirmer la déposition d'Emile Chalus.

Maigret ne dit toujours rien.

— Si l'arme n'avait pas été découverte sur les lieux, on aurait pu prétendre qu'il était difficile, pour le docteur, de s'en débarrasser avant d'aller téléphoner au Café de la Poste. Comme l'inspecteur le souligne avec un certain bon sens...

Chabiron préféra dire lui-même ce qu'il en pensait :

— Supposons que l'assassin se soit réellement éloigné, son crime commis, avant l'arrivée d'Alain Vernoux, ainsi que celui-ci le prétend. C'est son troisième crime. Les deux autres fois, il a emporté l'arme. Non seulement nous n'avons rien trouvé rue Rabelais, ni rue des Loges, mais il semble évident qu'il a frappé les trois fois avec le même tuyau de plomb.

Maigret avait compris, mais il valait mieux le laisser parler.

— L'homme n'avait aucune raison, cette fois-ci, de lancer l'arme par-dessus un mur. Il n'était pas poursuivi. Nul ne l'avait vu. Mais si nous admettons que c'est le docteur qui a tué, il était indispensable qu'il se débarrasse d'un objet aussi compromettant avant de...

— Pourquoi avertir les autorités ?

— Parce que cela le mettait hors du coup. Il a pensé que personne ne soupçonnerait celui qui donnait l'alarme.

Cela paraissait logique aussi.

— Ce n'est pas tout. Vous le savez.

Il avait prononcé ces derniers mots avec une certaine gêne, car Maigret, sans être son supérieur direct, n'en était pas moins un monsieur qu'on n'attaque pas en face.

— Racontez, Féron.

Le commissaire de police, gêné, écrasa d'abord sa cigarette dans le cendrier. Chabot, lugubre, évitait de regarder son ami. Il n'y avait que le procureur à observer de temps en temps son bracelet-montre en homme qui a des choses plus agréables à faire.

Après avoir toussé, le petit commissaire de police se tournait vers Maigret.

— Quand, hier, on m'a téléphoné pour me demander si je connaissais une certaine fille Sabati...

Le commissaire comprit et eut peur, tout à coup.

Il eut, dans la poitrine, une sensation désagréable et sa pipe se mit à avoir mauvais goût.

— ... Je me suis naturellement demandé si cela avait un rapport avec l'affaire. Cela ne m'est revenu que vers le milieu de l'après-midi. J'étais occupé. J'ai failli envoyer un de mes hommes, puis je me suis dit que je passerais la voir à tout hasard en allant dîner.

— Vous y êtes allé ?

— J'ai appris que vous l'aviez vue avant moi.

Féron baissait la tête, en homme à qui cela en coûte de porter une accusation.

— Elle vous l'a dit ?

— Pas tout de suite. D'abord, elle a refusé de m'ouvrir sa porte et j'ai dû user des grands moyens.

— Vous l'avez menacée ?

— Je lui ai annoncé que cela pourrait lui coûter cher de jouer ce jeu-là. Elle m'a laissé entrer. J'ai remarqué son œil au beurre noir. Je lui ai demandé qui lui avait fait ça. Pendant plus d'une demi-heure, elle est restée muette comme une carpe, à me regarder d'un air méprisant. C'est alors que j'ai décidé de l'emmener au poste, où il est plus facile de *les* faire parler.

Maigret avait un poids sur les épaules, non seulement à cause de ce qui était arrivé à Louise Sabati, mais à cause de l'attitude du commissaire de police. Malgré ses hésitations, son humilité apparente, celui-ci était très fier, au fond, de ce qu'il avait fait.

On sentait qu'il s'était attaqué allégrement à cette fille du peuple qui n'avait aucun moyen de défense. Or, il devait sortir lui-même du bas peuple. C'était à une de ses pareilles qu'il s'en était pris.

Presque tous les mots qu'il prononçait maintenant,

d'une voix qui gagnait en assurance, faisaient mal à entendre.

— Etant donné qu'il y a plus de huit mois qu'elle ne travaille plus, elle est légalement sans ressource, c'est la première chose que je lui ai fait remarquer. Et, comme elle reçoit régulièrement un homme, cela la classe dans la catégorie des prostituées. Elle a compris. Elle a eu peur. Elle s'est débattue longtemps. Je ne sais comment vous vous êtes arrangé, mais elle a fini par m'avouer qu'elle vous avait tout dit.

— Tout quoi ?

— Ses relations avec Alain Vernoux, le comportement de celui-ci, qui piquait des crises de rage aveugle et la rouait de coups.

— Elle a passé la nuit au violon ?

— Je l'ai relâchée ce matin. Cela lui a fait du bien.

— Elle a signé sa déposition ?

— Je ne l'aurais pas laissée partir sans ça.

Chabot adressa à son ami un regard de reproche.

— Je n'étais au courant de rien, murmura-t-il.

Il avait dû déjà le leur dire. Maigret ne lui avait pas parlé de sa visite dans le quartier des casernes et, maintenant, le juge devait considérer ce silence, qui le mettait lui-même dans un mauvais pas, comme une trahison.

Maigret restait calme en apparence. Son regard errait, rêveur, sur le petit commissaire mal bâti qui avait l'air d'attendre des félicitations.

— Je suppose que vous avez tiré des conclusions de cette histoire ?

— Elle nous montre en tout cas le docteur Vernoux sous un jour nouveau. Ce matin, de bonne heure, j'ai interrogé les voisines qui m'ont confirmé qu'à presque chacune de ses visites des scènes violentes éclataient dans le logement, à tel point que, plusieurs fois, elles ont failli appeler la police.

— Pourquoi ne l'ont-elles pas fait ?

— Sans doute parce qu'elles ont pensé que cela ne les regardait pas.

Non ! Si les voisines n'avaient pas donné l'alarme, c'était parce que cela les vengeait que la fille Sabati, qui n'avait rien à faire de ses journées, fût battue. Et, probablement, plus Alain frappait, plus elles étaient satisfaites.

Elles auraient pu être les sœurs du petit commissaire Féron.

— Qu'est-elle devenue ?

— Je lui ai ordonné de rentrer chez elle et de se tenir à la disposition du juge d'instruction.

Celui-ci toussa à son tour.

— Il est certain que les deux découvertes de ce matin mettent Alain Vernoux dans une situation difficile.

— Qu'a-t-il fait, hier soir, en me quittant ?

Ce fut Féron qui répondit :

— Il est retourné chez lui. Je suis en contact avec le comité de vigilance. Ne pouvant empêcher ce comité de se former, j'ai préféré m'assurer sa collaboration. Vernoux est rentré chez lui tout de suite.

— A-t-il l'habitude d'assister à la messe de dix heures et demie ?

Chabot, cette fois, répondit.

— Il ne va pas à la messe du tout. C'est le seul de la famille.

— Il est sorti ce matin ?

Féron eut un geste vague.

— Je ne le pense pas. A neuf heures et demie, on ne m'avait encore rien signalé.

Le procureur prit enfin la parole, en homme qui commence à en avoir assez.

— Tout ceci ne nous mène à rien. Ce qu'il s'agit de savoir, c'est si nous possédons assez de charges contre Alain Vernoux pour le mettre en état d'arrestation.

Il regarda fixement le juge.

— C'est vous que cela regarde, Chabot. C'est votre responsabilité.

Chabot, à son tour, regardait Maigret, dont le visage restait grave et neutre.

Alors, au lieu d'une réponse, le juge d'instruction prononça un discours.

— La situation est celle-ci. Pour une raison ou pour une autre, l'opinion publique a désigné Alain Vernoux dès le premier assassinat, celui de son oncle Robert de Courçon. Sur quoi les gens se sont-ils basés, je me le demande encore. Alain Vernoux n'est pas populaire. Sa famille est plus ou moins détestée. J'ai bien reçu vingt lettres anonymes me désignant la maison de la rue Rabelais et m'accusant de ménager des gens riches avec qui j'entretiens des relations mondaines.

» Les deux autres crimes n'ont pas atténué ces soupçons, au contraire. Depuis longtemps, Alain Vernoux passe aux yeux de certains pour "un homme pas comme les autres".

Féron l'interrompit :

— La déposition de la fille Sabati...

— ... Est accablante pour lui, tout comme, à présent que l'arme a été retrouvée, la déposition Chalus. Trois crimes en une semaine, c'est beaucoup. Il est naturel que la population s'inquiète et cherche à se protéger. Jusqu'ici, j'ai hésité à agir, jugeant les indices insuffisants. C'est une grosse responsabilité, en effet, comme vient de le remarquer le procureur. Une fois en état d'arrestation, un homme du caractère de Vernoux, même coupable, se taira.

Il surprit un sourire, qui n'était pas sans ironie ni amertume, sur les lèvres de Maigret, rougit, perdit le fil de ses idées.

— Il s'agit de savoir s'il vaut mieux l'arrêter maintenant ou attendre que...

Maigret ne put s'empêcher de grommeler entre ses dents :

— On a bien arrêté la fille Sabati et on l'a gardée toute la nuit !

Chabot l'entendit, ouvrit la bouche pour répondre, pour répliquer, sans doute, que ce n'était pas la même chose, mais au dernier moment se ravisa.

— Ce matin, à cause du soleil du dimanche, de la messe, nous assistons à une sorte de trêve. Mais, à cette heure déjà, autour de l'apéritif, dans les cafés, on doit recommencer à parler. Des gens, en se promenant, vont passer exprès devant l'hôtel des Vernoux. On sait que j'y ai joué au bridge hier au soir et que le commissaire m'accompagnait. Il est difficile de faire comprendre...

— Vous l'arrêtez ? questionna le procureur en se levant, jugeant que les tergiversations avaient assez duré.

— J'ai peur, vers la soirée, d'un incident qui pourrait avoir des conséquences graves. Il suffit d'un rien, d'un gamin lançant une pierre dans les vitres, d'un ivrogne se mettant à crier des invectives devant la maison. Dans l'état d'esprit de la population...

— Vous l'arrêtez ?

Le procureur cherchait son chapeau, ne le trouvait pas. Le petit commissaire, servile, lui disait :

— Vous l'avez laissé dans votre bureau. Je vais vous le chercher.

Et Chabot, tourné vers Maigret, murmurait :

— Qu'est-ce que tu en penses ?

— Rien.

— A ma place, qu'est-ce que... ?

— Je ne suis pas à ta place.

— Tu crois que le docteur est fou ?

— Cela dépend de ce qu'on appelle un fou.

— Qu'il a tué ?

Maigret ne répondit pas, chercha lui aussi son chapeau.

— Attends un instant. J'ai à te parler. D'abord, il faut que j'en finisse. Tant pis si je me trompe.

Il ouvrit le tiroir de droite, y prit une formule imprimée qu'il se mit à remplir tandis que Chabiron lançait à Maigret un regard plus goguenard que jamais.

Chabiron et le petit commissaire avaient gagné. La formule était un mandat d'amener. Chabot hésita encore une seconde au moment de la signer et d'y apposer les cachets.

Puis il se demanda auquel des deux hommes il allait la remettre. Le cas ne s'était pas encore présenté à Fontenay d'une arrestation comme celle-ci.

— Je suppose...

Enfin :

— Au fait, allez-y tous les deux. Aussi discrètement que possible, afin d'éviter les manifestations. Il vaudrait mieux prendre une voiture.

— J'ai la mienne, fit Chabiron.

Ce fut un moment désagréable. On aurait dit, pendant quelques instants, que chacun avait un peu honte. Peut-être pas tant parce qu'ils doutaient de la culpabilité du docteur, dont ils se sentaient à peu près sûrs, que parce qu'ils savaient, au fond d'eux-mêmes, que ce n'était pas à cause de sa culpabilité qu'ils agissaient, mais par peur de l'opinion publique.

— Vous me tiendrez au courant, murmura le procureur qui sortit le premier et qui ajouta : Si je ne suis pas chez moi, appelez-moi chez mes beaux-parents.

Il allait passer le reste du dimanche en famille. Féron et Chabiron sortirent à leur tour et c'était le petit commissaire qui avait le mandat soigneusement plié dans son portefeuille.

Chabiron revint sur ses pas, après un coup d'œil par la fenêtre du couloir, pour demander :

— Les journalistes ?

— Ne leur dites rien maintenant. Partez d'abord vers le centre de la ville. Annoncez-leur que j'aurai une déclaration à leur faire d'ici une demi-heure et ils resteront.

— On l'amène ici ?

— Directement à la prison. Au cas où la foule tenterait de le lyncher, il sera plus facile de l'y protéger.

Tout cela prit du temps. Ils restèrent enfin seuls. Chabot n'était pas fier.

— Qu'est-ce que tu en penses ? se décida-t-il à questionner. Tu me donnes tort ?

— J'ai peur, avoua Maigret qui fumait sa pipe d'un air sombre.

— De quoi ?

Il ne répondit pas.

136

— En toute conscience, je ne pouvais pas agir autrement.

— Je sais. Ce n'est pas à cela que je pense.

— A quoi ?

Il ne voulait pas avouer que c'était l'attitude du petit commissaire à l'égard de Louise Sabati qui lui restait sur l'estomac.

Chabot regarda sa montre.

— Dans une demi-heure, ce sera fini. Nous pourrons aller l'interroger.

Maigret ne disait toujours rien, avec l'air de suivre Dieu sait quelle pensée mystérieuse.

— Pourquoi ne m'en as-tu pas parlé hier soir ?

— De la fille Sabati ?

— Oui.

— Pour éviter ce qui est arrivé.

— C'est arrivé quand même.

— Oui. Je ne prévoyais pas que Féron s'en préoccuperait.

— Tu as la lettre ?

— Quelle lettre ?

— La lettre anonyme que j'ai reçue à son sujet et que je t'ai remise. Maintenant, je suis obligé de la verser au dossier.

Maigret fouilla ses poches, la trouva, fripée, encore humide de la pluie de la veille, et la laissa tomber sur le bureau.

— Tu ne veux pas regarder si les journalistes les ont suivis ?

Il alla jeter un coup d'œil par la fenêtre. Les reporters et les photographes étaient toujours là, avec l'air d'attendre un événement.

— Tu as l'heure juste ?

— Midi cinq.

Ils n'avaient pas entendu sonner les cloches. Avec toutes les portes fermées, ils étaient là comme dans une cave où ne pénétrait aucun rayon de soleil.

— Je me demande comment il réagira. Je me demande aussi ce que son père...

La sonnerie du téléphone résonna. Chabot fut si impressionné qu'il resta un instant sans décrocher, murmura enfin, en fixant Maigret :

— Allô...

Son front se plissa, ses sourcils se rapprochèrent :

— Vous êtes sûr ?

Maigret entendait des éclats de voix dans l'appareil, sans pouvoir distinguer les mots. C'était Chabiron qui parlait.

— Vous avez fouillé la maison ? Où êtes-vous en ce moment ? Bon. Oui. Restez-y. Je...

Il se passa la main sur le crâne d'un geste angoissé.

— Je vous rappellerai dans quelques instants.

Quand il raccrocha, Maigret se contenta d'un mot.

— Parti ?

— Tu t'y attendais ?

Et, comme il ne répondait pas :

— Il est rentré chez lui hier soir tout de suite après t'avoir quitté, nous en avons la certitude. Il a passé la nuit dans sa chambre. Ce matin, de bonne heure, il s'est fait monter une tasse de café.

— Et les journaux.

— Nous n'avons pas de journaux le dimanche.

— A qui a-t-il parlé ?

— Je ne sais pas encore. Féron et l'inspecteur sont toujours dans la maison et interrogent les domestiques. Un peu après dix heures, toute la famille, sauf

138

Alain, s'est rendue à la messe avec la voiture conduite par le maître d'hôtel.

— Je les ai vus.

— A leur retour, personne ne s'est inquiété du docteur. C'est une maison où, sauf le samedi soir, chacun vit dans son coin. Quand mes deux hommes sont arrivés, une bonne est montée pour avertir Alain. Il n'était pas chez lui. On l'a appelé dans toute la maison. Tu crois qu'il a pris la fuite ?

— Que dit l'homme en faction dans la rue ?

— Féron l'a questionné. Il paraît que le docteur est sorti un peu après le reste de la famille et est descendu vers la ville à pied.

— On ne l'a pas suivi ? Je croyais...

— J'avais donné des instructions pour qu'on le suive. Peut-être la police a-t-elle pensé que, le dimanche matin, ce n'était pas nécessaire. Je ne sais pas. Si on ne met pas la main sur lui, on prétendra que j'ai fait exprès de lui laisser le temps d'échapper.

— On le dira certainement.

— Il n'y a pas de train avant cinq heures de l'après-midi. Alain n'a pas d'auto.

— Il n'est donc pas loin.

— Tu crois ?

— Cela m'étonnerait qu'on ne le retrouve pas chez sa maîtresse. D'habitude, il ne se glisse chez elle que le soir, à la faveur de l'obscurité. Mais il y a trois jours qu'il ne l'a pas vue.

Maigret n'ajouta pas qu'Alain savait qu'il était allé la voir.

— Qu'est-ce que tu as ? questionna le juge d'instruction.

— Rien. J'ai peur, c'est tout. Tu ferais mieux de les envoyer là-bas.

Chabot téléphona. Après quoi, tous les deux restèrent assis face à face, en silence, dans le bureau où le printemps n'était pas encore entré et où l'abat-jour vert de la lampe leur donnait un air malade.

## 7

### *Le trésor de Louise*

Maigret, pendant qu'ils attendaient, eut soudain l'impression gênante de regarder son ami à la loupe. Chabot lui paraissait encore plus vieilli, plus éteint que quand il était arrivé l'avant-veille. Il y avait juste assez de vie en lui, d'énergie, de personnalité pour mener l'existence qu'il menait et quand, brusquement, comme c'était le cas, on réclamait de lui un effort supplémentaire, il s'effondrait, honteux de son inertie.

Or, ce n'était pas une question d'âge, le commissaire l'aurait juré. Il avait toujours dû être ainsi. C'était Maigret qui s'était trompé, jadis, à l'époque où ils étaient étudiants et où il avait envié son ami. Chabot, alors, était pour lui le type de l'adolescent heureux. A Fontenay, une mère aux petits soins pour lui, l'accueillait dans une maison confortable où les choses avaient un aspect solide et définitif. Il savait qu'il hériterait, outre cette maison, de deux ou trois fermes et il recevait assez d'argent chaque mois pour en prêter à ses camarades.

Trente ans avaient passé et Chabot était devenu ce qu'il devait devenir. Aujourd'hui, c'était lui qui se tournait vers Maigret pour lui demander son aide.

Les minutes coulaient. Le juge feignait de parcourir un dossier dont son regard ne suivait pas les lignes dactylographiées. Le téléphone ne se décidait pas à sonner.

Il tira sa montre de sa poche.

— Il ne faut pas cinq minutes, en voiture, pour se rendre là-bas. Autant pour en revenir. Ils devraient...

Il était midi et quart. Il fallait laisser aux deux hommes quelques minutes pour aller voir dans la maison.

— S'il n'avoue pas et si, dans deux ou trois jours, je n'ai pas découvert des preuves indiscutables, j'en serai quitte pour demander ma retraite anticipée.

Il avait agi par peur du gros de la population. A présent c'était des réactions des Vernoux et de leurs pairs qu'il s'effrayait.

— Midi vingt. Je me demande ce qu'ils font.

A midi vingt-cinq, il se leva, trop nerveux pour rester assis.

— Tu n'as pas de voiture ? lui demanda le commissaire.

Il parut gêné.

— J'en ai eu une qui me servait le dimanche pour conduire ma mère à la campagne.

C'était drôle d'entendre parler de campagne par quelqu'un qui habitait une ville où des vaches paissaient à cinq cents mètres de la rue principale.

— Maintenant que ma mère ne sort plus que pour

la messe le dimanche, qu'est-ce que je ferais d'une auto ?

Peut-être était-il devenu avare ? C'était probable. Pas tellement par sa faute. Quand on possède un petit bien comme le sien, on craint fatalement de le perdre.

Maigret avait l'impression, depuis son arrivée à Fontenay, d'avoir compris des choses auxquelles il n'avait jamais pensé et il se créait, d'une petite ville, une image différente de celle qu'il s'était faite jusque-là.

— Il y a certainement du nouveau.

Les deux policiers étaient partis depuis plus de vingt minutes. Cela ne demandait pas longtemps de fouiller le logement de deux pièces de Louise Sabati. Alain Vernoux n'était pas l'homme à s'enfuir par la fenêtre et il était difficile d'imaginer une chasse à l'homme dans les rues du quartier de la caserne.

Il y eut un moment d'espoir quand ils entendirent le moteur d'une auto qui gravissait la rue en pente et le juge resta immobile, dans l'attente, mais la voiture passa sans s'arrêter.

— Je ne comprends plus.

Il tirait sur ses longs doigts couverts de poils clairs, jetait de brefs regards à Maigret comme pour le supplier de le rassurer, cependant que le commissaire s'obstinait à rester impénétrable.

Quand, un peu après midi et demi, la sonnerie fonctionna enfin, Chabot se jeta littéralement sur l'appareil.

— Allô ! cria-t-il.

Mais, tout de suite, il fut déconfit. C'était une voix de femme qu'on entendait, d'une femme qui ne devait pas avoir l'habitude de téléphoner et qui par-

lait si fort que le commissaire l'entendait de l'autre
bout de la pièce.

— C'est le juge ? questionnait-elle.

— Le juge d'instruction Chabot, oui. J'écoute.

Elle répétait du même ton :

— C'est le juge ?

— Mais oui ! Qu'est-ce que vous voulez ?

— Vous êtes le juge ?

Et lui, furieux :

— Oui. Je suis le juge. Vous ne m'entendez pas ?

— Non.

— Qu'est-ce que vous voulez ?

Si elle lui avait demandé une fois de plus s'il était
le juge, il aurait probablement lancé l'appareil à terre.

— Le commissaire veut que vous veniez.

— Comment ?

Mais maintenant, parlant à quelqu'un d'autre, dans
la pièce d'où elle lui téléphonait, elle annonçait d'une
autre voix :

— Je le lui ai dit. Quoi ?

Quelqu'un commandait :

— Raccrochez.

— Raccrocher quoi ?

On entendait du bruit dans le Palais de Justice.
Chabot et Maigret tendirent l'oreille.

— On frappe de grands coups à la porte.

— Viens.

Ils coururent le long des couloirs. Les coups
redoublaient. Chabot se hâta de tirer le verrou et de
tourner la clef dans la serrure.

— On vous a téléphoné ?

C'était Lomel, encadré de trois ou quatre
confrères. On en voyait d'autres qui montaient la rue
dans la direction de la campagne.

144

— Chabiron vient de passer au volant de sa voiture. Il y avait près de lui une femme évanouie. Il a dû la conduire à l'hôpital.

Une auto stationnait au bas des marches.

— A qui est-ce ?

— A moi, ou plutôt à mon journal, dit un reporter de Bordeaux.

— Conduisez-nous.

— A l'hôpital ?

— Non. Descendez d'abord vers la rue de la République. Vous prendrez à droite, dans la direction de la caserne.

Ils s'entassèrent tous dans la voiture. Devant chez les Vernoux, un groupe d'une vingtaine de personnes s'était formé et on les regarda passer en silence.

— Qu'arrive-t-il, juge ? questionna Lomel.

— Je ne sais pas. On devait procéder à une arrestation.

— Le docteur ?

Il n'eut pas le courage de nier, de jouer au plus fin. Quelques personnes étaient assises à la terrasse du Café de la Poste. Une femme endimanchée sortait de la pâtisserie, une boîte de carton blanc suspendue à son doigt par une ficelle rouge.

— Par là ?

— Oui. Maintenant, à gauche... Attendez... tournez après ce bâtiment...

On ne pouvait se tromper. Devant la maison où Louise occupait un logement, cela grouillait, surtout des femmes et des enfants qui se précipitèrent vers les portières quand la voiture s'arrêta. La grosse femme qui avait accueilli Maigret la veille se tenait au premier rang, les poings sur les hanches.

— C'est moi qui suis allée vous téléphoner de l'épicerie. Le commissaire est en haut.

Cela se passait dans la confusion. La petite troupe contournait la maison, Maigret, qui connaissait les lieux, en avait pris la tête.

Les curieux, plus nombreux de ce côté-ci, bouchaient la porte extérieure. Il y en avait même dans l'escalier en haut duquel le petit commissaire de police était obligé de monter la garde devant la porte défoncée.

— Laissez passer... Ecartez-vous...

Féron avait le visage défait, les cheveux sur le front. Il avait perdu son chapeau quelque part. Il parut soulagé qu'on arrivât à la rescousse.

— Vous avez averti le commissariat pour qu'on m'envoie du renfort ?

— Je ne savais pas que... commença le juge.

— J'avais recommandé à cette femme de vous dire...

Les journalistes essayaient de photographier. Un bébé pleurait. Chabot, que Maigret avait fait passer devant lui, atteignait les dernières marches en demandant :

— Que se passe-t-il ?

— Il est mort.

Il poussa le battant dont le bois avait en partie volé en éclats.

— Dans la chambre.

Celle-ci était en désordre. La fenêtre ouverte laissait pénétrer le soleil et les mouches.

Sur le lit défait, le docteur Alain Vernoux était étendu, tout habillé, ses lunettes sur l'oreiller à côté de son visage d'où le sang s'était déjà retiré.

— Racontez, Féron.

— Il n'y a rien à raconter. Nous sommes arrivés, l'inspecteur et moi, et on nous a désigné cet escalier. Nous avons frappé. Comme on ne répondait pas, j'ai fait les injonctions d'usage. Chabiron a donné deux ou trois coups d'épaule dans le battant. Nous l'avons trouvé comme il est, où il est. J'ai tâté son pouls. Il ne bat plus. J'ai placé un miroir devant sa bouche.

— Et la fille ?

— Elle était par terre, comme si elle avait glissé du lit, et elle avait vomi.

Ils marchaient tous dans ce qu'elle avait rendu.

— Elle ne bougeait plus, mais elle n'était pas morte. Il n'y a pas de téléphone dans la maison. Je ne pouvais pas courir le quartier à la recherche d'un appareil. Chabiron l'a chargée sur son épaule et l'a transportée à l'hôpital. Il n'y avait rien d'autre à faire.

— Vous êtes sûr qu'elle respirait ?

— Oui, avec un drôle de râle dans la gorge.

Les photographes travaillaient toujours. Lomel prenait des notes dans un petit carnet rouge.

— Toute la maisonnée m'est tombée sur le dos. Des gamins, un moment, sont parvenus à se faufiler dans la pièce. Je ne pouvais pas m'éloigner. Je voulais vous avertir. J'ai envoyé la femme qui a l'air de servir de concierge en lui recommandant de vous dire...

Désignant le désordre autour de lui, il ajouta :

— Je n'ai même pas pu jeter un coup d'œil dans le logement.

Ce fut un des journalistes qui tendit un tube de véronal vide.

— Il y a en tout cas ceci.

C'était l'explication. De la part d'Alain Vernoux, il s'agissait sûrement d'un suicide.

Avait-il obtenu que Louise se tue avec lui ? Lui avait-il administré la drogue sans rien dire ?

Dans la cuisine, un bol de café au lait contenait encore un fond de liquide et on voyait un morceau de fromage à côté d'une tranche de pain, dans le pain la trace de la bouche de la fille.

Elle se levait tard, Alain Vernoux avait dû la trouver en train de prendre son petit déjeuner.

— Elle était habillée ?

— En chemise. Chabiron l'a enroulée dans une couverture et l'a emportée comme ça.

— Les voisins n'ont pas entendu de dispute ?

— Je n'ai pas pu les questionner. Ce sont les gosses qui se tiennent au premier rang et les mères ne font rien pour les écarter. Ecoutez-les.

Un des journalistes appuyait son dos à la porte qui ne fermait plus, pour empêcher qu'elle soit poussée de l'extérieur.

Julien Chabot allait et venait comme dans un mauvais rêve, en homme qui a perdu le contrôle de la situation.

Deux ou trois fois, il se dirigea vers le corps avant d'oser poser la main sur le poignet qui pendait.

Il répéta à plusieurs reprises, oubliant qu'il l'avait déjà dit, ou décidé à se convaincre lui-même :

— Le suicide est évident.

Puis il demanda :

— Chabiron ne doit pas revenir ?

— Je suppose qu'il restera là-bas pour questionner la fille si elle revient à elle. Il faudrait avertir le commissariat. Chabiron a promis de m'envoyer un médecin...

Celui-ci frappait à la porte, un jeune interne qui se dirigea directement vers le lit.

— Mort ?

Il fit oui de la tête.

— La fille qu'on vous a amenée ?

— On s'en occupe. Elle a des chances de s'en tirer.

Il regarda le tube, haussa les épaules, grommela :

— Toujours la même chose.

— Comment se fait-il qu'il soit mort alors qu'elle...

Il désigna la vomissure sur le plancher.

Un des reporters, qui avait disparu sans qu'on s'en aperçût, rentrait dans la pièce.

— Il n'y a pas eu de dispute, dit-il. J'ai questionné les voisines. C'est d'autant plus certain que, ce matin, les fenêtres des logements étaient pour la plupart ouvertes.

Lomel, lui, fouillait sans vergogne les tiroirs qui ne contenaient pas grand-chose, du linge et des vêtements bon marché, des bibelots sans valeur. Puis il se penchait pour regarder sous le lit et Maigret le voyait se coucher sur le sol, tendre le bras, retirer une boîte à chaussures en carton qu'entourait un ruban bleu. Lomel se retira à l'écart avec son butin et il régnait assez de désordre pour qu'on le laisse tranquille.

Il n'y eut que Maigret à s'approcher de lui.

— Qu'est-ce que c'est ?

— Des lettres.

La boîte en était à peu près pleine, non seulement de lettres, mais de courts billets écrits en hâte sur des bouts de papier. Louise Sabati avait tout gardé, peut-être à l'insu de son amant, presque certainement même, sinon elle n'aurait pas caché la boîte sous le lit.

— Laissez voir.

Lomel paraissait impressionné en les lisant. Il dit d'une voix mal assurée :

— Ce sont des lettres d'amour.

Le juge s'était enfin aperçu de ce qui se passait.

— Des lettres ?

— Des lettres d'amour.

— De qui ?

— D'Alain. Signées de son prénom, parfois seulement de ses initiales.

Maigret, qui en avait lu deux ou trois, aurait voulu empêcher qu'on se les passe de main en main. C'étaient probablement les lettres d'amour les plus émouvantes qu'il lui eût été donné de lire. Le docteur les avait écrites avec la fougue et parfois la naïveté d'un jeune homme de vingt ans.

Il appelait Louise : « *Ma toute petite* ».

Parfois : « *Ma pauvre petite à moi* ».

Et il lui disait, comme tous les amants, la longueur des journées et des nuits sans elle, le vide de la vie, de la maison où il se heurtait aux murs comme un frelon, il lui disait qu'il aurait voulu l'avoir connue plus tôt, avant qu'aucun homme ne l'eût touchée, et les rages qui le prenaient, le soir, seul dans son lit, quand il pensait aux caresses qu'elle avait subies.

Certaines fois, il s'adressait à elle comme à un enfant irresponsable et d'autres fois il lui échappait des cris de haine et de désespoir.

— Messieurs... commença Maigret, la gorge serrée.

On ne faisait pas attention à lui. Cela ne le regardait pas. Chabot, rougissant, les verres de ses lunettes embuées, continuait à parcourir les papiers.

*« Je t'ai quittée il y a une demi-heure et j'ai regagné ma prison. J'ai besoin de reprendre contact avec toi... »*

Il la connaissait depuis huit mois à peine. Il y avait là près de deux cents lettres et, certains jours, il lui était arrivé d'en écrire trois, coup sur coup. Certaines ne portaient pas de timbre. Il devait les apporter avec lui.

*« Si j'étais un homme... »*

Ce fut un soulagement pour Maigret d'entendre arriver les gens de la police qui écartaient la foule et la marmaille.

— Tu ferais mieux de les emporter, souffla-t-il à son ami.

Il fallut les reprendre dans toutes les mains. Ceux qui les rendaient paraissaient gênés. On hésitait maintenant à se tourner vers le lit et, quand on jetait un coup d'œil au corps étendu, c'était furtivement, avec l'air de s'en excuser.

Tel quel, sans ses lunettes, le visage détendu et serein, Alain Vernoux paraissait dix ans de moins que dans la vie.

— Ma mère doit s'inquiéter... remarqua Chabot en regardant sa montre.

Il oubliait la maison de la rue Rabelais où il y avait toute une famille, un père, une mère, une femme, des enfants, qu'il faudrait se décider à avertir.

Maigret le lui rappela. Le juge murmura :

— J'aimerais autant ne pas y aller moi-même.

Le commissaire n'osait pas s'offrir. Peut-être son ami, de son côté, n'osait-il pas le lui demander.

— Je vais envoyer Féron.

— Où ? questionna celui-ci.

— Rue Rabelais, pour les prévenir. Parlez d'abord à son père.

— Qu'est-ce que je lui dis ?

— La vérité.

Le petit commissaire grommela entre ses dents :

— Jolie corvée !

Ils n'avaient plus rien à faire ici. Plus rien à découvrir, dans le logement d'une pauvre fille dont la boîte de lettres constituait le seul trésor. Sans doute ne les avait-elle pas toutes comprises. Cela n'avait pas d'importance.

— Tu viens, Maigret ?

Et, au médecin :

— Vous vous chargez de faire transporter le corps ?

— A la morgue ?

— Une autopsie sera nécessaire. Je ne vois pas comment...

Il se tourna vers les deux agents.

— Ne laissez entrer personne.

Il descendit l'escalier, la boîte en carton sous le bras, dut fendre la foule amassée en bas. Il n'avait pas pensé à la question de voiture. Ils étaient à l'autre bout de la ville. De lui-même, le journaliste de Bordeaux se précipita.

— Où voulez-vous que je vous conduise ?

— Chez moi.

— Rue Clemenceau ?

152

Ils firent la plus grande partie du trajet en silence. Ce ne fut qu'à cent mètres de sa maison que Chabot murmura :

— Je suppose que cela termine l'affaire.

Il ne devait pas en être si sûr, car il examinait Maigret à la dérobée. Et celui-ci n'approuvait pas, ne disait ni oui ni non.

— Je ne vois aucune raison, s'il n'était pas coupable, pour...

Il se tut car, en entendant l'auto, sa mère, qui devait se morfondre, ouvrait déjà la porte.

— Je me demandais ce qui était arrivé. J'ai vu des gens courir comme s'il se passait quelque chose.

Il remercia le reporter, crut devoir lui proposer :

— Un petit verre ?

— Merci. Je dois téléphoner d'urgence à mon journal.

— Le rôti va être trop cuit. Je vous attendais à midi et demi. Tu parais fatigué, Julien. Vous ne trouvez pas, Jules, qu'il a mauvaise mine ?

— Tu devrais nous laisser un instant, maman.

— Vous ne voulez pas manger ?

— Pas tout de suite.

Elle se raccrochait à Maigret.

— Il n'y a rien de mauvais ?

— Rien qui puisse vous inquiéter.

Il préféra lui avouer la vérité, tout au moins une part de la vérité.

— Alain Vernoux s'est suicidé.

Elle fit seulement :

— Ah !

Puis, hochant la tête, elle se dirigea vers la cuisine.

— Entrons dans mon bureau. A moins que tu aies faim ?

— Non.

— Sers-toi à boire.

Il aurait aimé un verre de bière, mais il savait qu'il n'y en avait pas dans la maison. Il fouilla le placard à liqueurs, prit au hasard une bouteille de pernod.

— Rose va t'apporter de l'eau et de la glace.

Chabot s'était laissé tomber dans son fauteuil où la tête de son père, avant la sienne, avait dessiné une tache plus sombre dans le cuir. La boîte à chaussures était sur le bureau, avec le ruban qu'on avait renoué.

Le juge avait un besoin urgent d'être rassuré. Ses nerfs étaient à nu.

— Pourquoi ne prends-tu pas un peu d'alcool ?

Au regard que Chabot lança vers la porte, Maigret comprit que c'était sur les instances de sa mère qu'il ne buvait plus.

— J'aime mieux pas.

— Comme tu voudras.

Malgré la température douce ce jour-là, un feu continuait à flamber dans la cheminée et Maigret, qui avait trop chaud, dut s'en éloigner.

— Qu'est-ce que tu en penses ?

— De quoi ?

— De ce qu'il a fait. Pourquoi, s'il n'était pas coupable...

— Tu as lu quelques-unes de ses lettres, non ?

Chabot baissa la tête.

— Le commissaire Féron a fait irruption hier dans le logement de Louise, l'a questionnée, emmenée au commissariat, gardée toute la nuit au violon.

— Il a agi sans mes instructions.

— Je sais. Il l'a fait quand même. Ce matin, Alain s'est précipité pour la voir et a tout appris.

— Je ne vois pas ce que cela changeait.

Il le sentait fort bien, mais il ne voulait pas l'avouer.

— Tu crois que c'est pour ça ?...

— Je crois que c'est suffisant. Demain, toute la ville aurait été au courant. Féron aurait probablement continué à harceler la fille, on l'aurait finalement condamnée pour prostitution.

— Il a été imprudent. Ce n'est pas une raison pour se détruire.

— Cela dépend de qui.

— Tu es persuadé qu'il n'est pas coupable.

— Et toi ?

— Je pense que tout le monde le croira coupable et sera satisfait.

Maigret le regarda avec surprise.

— Tu veux dire que tu vas clore l'affaire ?

— Je ne sais pas. Je ne sais plus.

— Tu te souviens de ce qu'Alain nous a dit ?

— A quel sujet ?

— Qu'un fou a sa logique. Un fou, qui a vécu toute sa vie sans que personne s'aperçoive de sa folie, ne se met pas soudain à tuer sans raison. Il faut tout au moins une provocation. Il faut une cause, qui peut paraître insuffisante à une personne sensée, mais qui lui paraît suffisante, à lui.

» La première victime a été Robert de Courçon et, à mes yeux, c'est celle qui compte, parce que c'est la seule qui puisse nous fournir une indication.

» La rumeur publique, elle non plus, ne naît pas de rien.

— Tu te fies à l'opinion de la foule ?

— Il lui arrive de se tromper dans ses manifestations. Cependant, presque toujours, j'ai pu le constater au cours des années, il existe une base sérieuse. Je dirais que la foule a un instinct...

— De sorte que c'est bien Alain...

— Je n'en suis pas là. Quand Robert de Courçon a été tué, la population a fait un rapprochement entre les deux maisons de la rue Rabelais et, à ce moment-là, il n'était pas encore question de folie. Le meurtre de Courçon n'était pas nécessairement l'œuvre d'un fou ou d'un maniaque. Il a pu y avoir des raisons précises pour que quelqu'un décide de le tuer, ou le fasse dans un mouvement de colère.

— Continue.

Chabot ne luttait plus. Maigret aurait pu lui dire n'importe quoi et il aurait approuvé. Il avait l'impression que c'était sa carrière, sa vie, qu'on était en train de détruire.

— Je ne sais rien de plus que toi. Il y a eu deux autres crimes, coup sur coup, tous les deux inexplicables, tous les deux commis de la même façon, comme si l'assassin tenait à souligner qu'il s'agissait d'un seul et même coupable.

— Je croyais que les criminels s'en tenaient généralement à une méthode, toujours la même.

— Je me demande, moi, pourquoi il était si pressé.

— Si pressé de quoi ?

— De tuer à nouveau. Puis de tuer encore. Comme pour bien établir dans l'opinion qu'un fou criminel courait les rues.

Cette fois, Chabot releva vivement la tête.

— Tu veux dire qu'il n'est pas fou ?

— Pas exactement.

156

— Alors ?

— C'est une question que je regrette de n'avoir pas discutée plus à fond avec Alain Vernoux. Le peu qu'il nous en a dit me reste dans la mémoire. Même un fou n'agit pas nécessairement en fou.

— C'est évident. Sinon, il n'y en aurait plus en liberté.

— Ce n'est pas non plus, a priori, parce qu'il est fou qu'il tue.

— Je ne te suis plus. Ta conclusion ?

— Je n'ai pas de conclusion.

Ils tressaillirent en entendant le téléphone. Chabot décrocha, changea d'attitude, de voix.

— Mais oui, madame. Il est ici. Je vous le passe.

Et à Maigret :

— Ta femme.

Elle disait à l'autre bout du fil :

— C'est toi ? Je ne te dérange pas au moment de déjeuner ? Vous êtes toujours à table ?

— Non.

C'était inutile de lui apprendre qu'il n'avait pas encore mangé.

— Ton patron m'a appelée il y a une demi-heure et m'a demandé si tu rentrais sûrement demain matin. Je n'ai pas su que lui répondre, car quand tu m'as téléphoné, tu ne paraissais pas certain. Il m'a dit, si j'avais l'occasion de te téléphoner à nouveau, de t'annoncer que la fille de je ne sais quel sénateur a disparu depuis deux jours. Ce n'est pas encore dans les journaux. Il paraît que c'est très important, que cela risque de faire du bruit. Tu sais de qui il s'agit ?

— Non.

— Il m'a cité un nom, mais je l'ai oublié.

— Bref, il veut que je rentre sans faute ?

— Il n'a pas parlé comme ça. J'ai cependant compris que cela lui ferait plaisir que tu prennes toi-même l'affaire en main.

— Il pleut ?

— Il fait un temps merveilleux. Que décides-tu ?

— Je ferai l'impossible pour être à Paris demain matin. Il doit bien y avoir un train de nuit. Je n'ai pas encore consulté l'indicateur.

Chabot lui fit signe qu'il existait un train de nuit.

— Tout va bien à Fontenay ?

— Tout va bien.

— Fais mes amitiés au juge.

— Je n'y manquerai pas.

Quand il raccrocha, il n'aurait pas pu dire si son ami était désespéré ou enchanté de le voir partir.

— Tu dois rentrer ?

— Pour bien faire.

— Il est peut-être temps que nous nous mettions à table ?

Maigret laissa à regret la boîte blanche qui lui faisait un peu l'effet d'un cercueil.

— N'en parlons pas devant ma mère.

Ils n'étaient pas encore au dessert quand on sonna à la porte. Rose alla ouvrir, vint annoncer :

— C'est le commissaire de police qui demande...

— Faites-le entrer dans mon bureau.

— C'est ce que j'ai fait. Il attend. Il dit que ce n'est pas urgent.

Mme Chabot s'efforçait de parler de choses ou d'autres comme si de rien n'était. Elle retrouvait des noms dans sa mémoire, des gens qui étaient morts, ou qui avaient quitté la ville depuis longtemps, et dont elle dévidait l'histoire.

Ils se levèrent enfin de table.

— Je vous fais servir le café dans ton bureau ?

On le leur servit à tous les trois et Rose posa des verres et la bouteille de fine sur le plateau d'un geste quasi sacerdotal. Il fallut attendre que la porte fût refermée.

— Alors ?

— J'y suis allé.

— Un cigare ?

— Merci. Je n'ai pas encore déjeuné.

— Vous voulez que je vous fasse servir un morceau ?

— J'ai téléphoné à ma femme que je ne tarderais plus à rentrer.

— Comment cela s'est-il passé ?

— Le maître d'hôtel m'a ouvert la porte et je lui ai demandé à voir Hubert Vernoux. Il m'a laissé dans le corridor pendant qu'il allait le prévenir. Cela a pris longtemps. Un garçon de sept ou huit ans est venu me regarder du haut de l'escalier et j'ai entendu la voix de sa mère qui le rappelait. Quelqu'un d'autre m'a observé par l'entrebâillement d'une porte, une vieille femme, mais je ne sais pas si c'est Mme Vernoux ou sa sœur.

— Qu'est-ce que Vernoux a dit ?

— Il est arrivé du fond du couloir et, parvenu à trois ou quatre mètres de moi, a questionné sans cesser d'avancer :

» — *Vous l'avez trouvé ?*

» Je lui ai dit que j'avais une mauvaise nouvelle à lui annoncer. Il n'a pas proposé de me faire entrer au salon, m'a laissé debout sur le paillasson, en me regardant du haut de sa taille, mais j'ai bien vu que ses lèvres et que ses doigts tremblaient.

» — *Votre fils est mort*, ai-je fini par annoncer.

» Et il a répliqué :

» — *C'est vous qui l'avez tué ?*

» — *Il s'est suicidé, ce matin, dans la chambre de sa maîtresse.*

— Il a paru surpris ? questionna le juge d'instruction.

— J'ai l'impression que cela lui a causé un choc. Il a ouvert la bouche comme pour poser une question, s'est contenté de murmurer :

» — *Il avait donc une maîtresse !*

» Il ne m'a pas demandé qui elle était, ni ce qu'il était advenu d'elle. Il s'est dirigé vers la porte pour l'ouvrir et ses derniers mots, en me congédiant, ont été :

» — *Peut-être que maintenant ces gens vont nous laisser la paix.*

» Il désignait du menton les curieux amassés sur le trottoir, les groupes qui stationnaient de l'autre côté de la rue, les journalistes qui profitaient de ce qu'il se tenait un instant sur le seuil pour le photographier.

— Il n'a pas essayé de les éviter ?

— Au contraire. Quand il les a aperçus, il s'est attardé, leur faisant face, les regardant dans les yeux, puis, lentement, il a refermé la porte et j'ai entendu qu'il tirait les verrous.

— La fille ?

— Je suis passé par l'hôpital. Chabiron reste à son chevet. On n'est pas encore sûr qu'elle s'en tire, à cause de je ne sais quelle malformation du cœur.

Sans toucher à son café, il avala le verre de fine, se leva.

— Je peux aller manger ?

160

Chabot fit signe que oui et se leva à son tour pour le reconduire.

— Qu'est-ce que je fais ensuite ?

— Je ne sais pas encore. Passez par mon bureau. Le procureur m'y attendra à trois heures.

— J'ai laissé deux hommes, à tout hasard, devant la maison de la rue Rabelais. La foule défile, s'arrête, discute à mi-voix.

— Elle est calme ?

— Maintenant qu'Alain Vernoux s'est suicidé, je pense qu'il n'y a plus de danger. Vous savez comment ça va.

Chabot regarda Maigret avec l'air de dire :

« — Tu vois ! »

Il aurait tant donné pour que son ami lui réponde :

« — Mais oui. Tout est fini. »

Seulement, Maigret ne répondait rien.

## 8

### *L'invalide du Gros-Noyer*

Un peu avant le pont, en descendant de chez les Chabot, Maigret avait tourné à droite et, depuis dix minutes, il suivait une longue rue qui était ni ville ni campagne.

Au début, les maisons, blanches, rouges, grises, y compris la grande maison et les chais d'un marchand de vins, étaient encore accolées les unes aux autres, mais cela n'avait pas le caractère de la rue de la République, par exemple, et certaines d'entre elles, blanchies à la chaux, sans étage, étaient presque des chaumières.

Puis il y avait eu des vides, des venelles qui laissaient entrevoir les potagers descendant en pente douce vers la rivière, parfois une chèvre blanche attachée à un piquet.

Il ne rencontra à peu près personne sur les trottoirs mais, par les portes ouvertes, aperçut, dans la pénombre, des familles qui semblaient immobiles, à écouter la radio ou à manger de la tarte, ailleurs, un homme en manches de chemise qui lisait le journal, ailleurs encore, une petite vieille assoupie près d'une grosse horloge à balancier de cuivre.

Les jardins, petit à petit, devenaient plus envahissants, les vides plus larges entre les murs, la Vendée se rapprochait de la route, charriant les branches arrachées par les dernières bourrasques.

Maigret, qui avait refusé de se laisser conduire en voiture, commençait à le regretter, car il n'avait pas pensé que le chemin était aussi long, et le soleil était déjà chaud sur sa nuque. Il mit près d'une demi-heure à atteindre le carrefour du Gros-Noyer, après lequel il ne semblait y avoir que des prés.

Trois jeunes gens, vêtus de bleu marine, les cheveux cosmétiqués, qui se tenaient adossés à la porte d'une auberge et ne devaient pas savoir qui il était, le regardaient avec l'ironie agressive des paysans pour l'homme de la ville égaré chez eux.

— La maison de Mme Page ? leur demanda-t-il.

— Vous voulez dire Léontine ?

— Je ne connais pas son prénom.

Cela suffit à les faire rire. Ils trouvaient drôle qu'on ne connût pas le prénom de Léontine.

— Si c'est elle, allez voir à cette porte-là.

La maison qu'ils lui désignaient ne comportait qu'un rez-de-chaussée, si bas que Maigret pouvait toucher le toit de la main. La porte, peinte en vert, était en deux parties, comme certaines portes d'étable, la partie supérieure ouverte, la partie inférieure fermée.

D'abord, il ne vit personne dans la cuisine qui était très propre, avec un poêle de faïence blanche, une table ronde couverte d'une toile cirée à carreaux, des lilas dans un vase bariolé sans doute gagné à la foire ; la cheminée était envahie par des bibelots et des photographies.

Il agita une petite sonnette pendue à une ficelle.

— Qu'est-ce que c'est ?

Maigret la vit sortir de la chambre dont la porte s'ouvrait sur la gauche : c'étaient les seules pièces de la maison. La femme pouvait avoir aussi bien cinquante ans que soixante-cinq. Sèche et dure comme l'était déjà la femme de chambre de l'hôtel, elle l'examinait avec une méfiance paysanne, sans s'approcher de la porte.

— Qu'est-ce que vous voulez ?

Puis, tout de suite :

— Ce n'est pas vous dont ils ont mis la photo dans le journal ?

Maigret entendit remuer dans la chambre. Une voix d'homme s'informa :

— Qui est-ce, Léontine ?

— Le commissaire de Paris.

— Le commissaire Maigret ?

— Je crois que c'est comme ça qu'il s'appelle.

— Fais-le entrer.

Sans bouger, elle répéta :

— Entrez.

Il tira lui-même le loquet pour ouvrir la partie inférieure de la porte. Léontine ne l'invitait pas à s'asseoir, ne lui disait rien.

— Vous étiez la femme de ménage de Robert de Courçon, n'est-ce pas ?

— Pendant quinze ans. La police et les journalistes m'ont déjà posé toutes les questions. Je ne sais rien.

D'où il était, le commissaire percevait maintenant une chambre blanche aux murs ornés de chromos, le pied d'un haut lit de noyer avec un édredon rouge dessus, et de la fumée de pipe lui venait jusqu'aux narines. L'homme bougeait toujours.

— Je veux voir comme il est... murmurait-il.

Et elle, à Maigret, sans aménité :

— Vous entendez ce que dit mon mari ? Avancez. Il ne peut pas quitter son lit.

L'homme qui y était assis avait le visage envahi de barbe ; des journaux et des romans populaires étaient étalés autour de lui. Il fumait une pipe en écume à long tuyau et, sur la table de nuit, à portée de sa main, il y avait un litre de vin blanc et un verre.

— Ce sont ses jambes, expliqua Léontine. Depuis qu'il a été coincé entre les tampons de deux wagons. Il travaillait au chemin de fer. Cela s'est mis dans les os.

Des rideaux de guipure tamisaient la lumière et deux pots de géraniums égayaient l'appui de la fenêtre.

— J'ai lu toutes les histoires qu'on raconte sur vous, Monsieur Maigret. Je lis toute la journée. Avant je ne lisais jamais. Apporte un verre, Léontine.

Maigret ne pouvait refuser. Il trinqua. Puis, profitant de ce que la femme restait dans la pièce, il tira de sa poche le morceau de tuyau de plomb qu'il s'était fait confier.

— Vous connaissez ça ?

Elle ne se troubla pas. Elle dit :

— Bien sûr.

— Où l'avez-vous vu pour la dernière fois ?

— Sur la grande table du salon.

— Chez Robert de Courçon ?

— Chez Monsieur, oui. Cela provient de la

remise, où on a dû changer une partie de la tuyauterie, l'hiver dernier, parce que la gelée avait crevé les conduites d'eau.

— Il gardait ce bout de tuyau sur sa table ?

— Il y avait de tout. On appelait ça le salon, mais c'était la pièce où il vivait tout le temps et où il travaillait.

— Vous faisiez son ménage ?

— Ce qu'il me permettait de faire, balayer par terre, prendre les poussières — et encore, sans déranger aucun objet ! — et laver la vaisselle.

— Il était maniaque ?

— Je n'ai pas dit ça.

— Tu peux le dire au commissaire, lui soufflait son mari.

— Je n'ai pas à me plaindre de lui.

— Sauf qu'il y a des mois que tu n'as pas été payée.

— Ce n'est pas sa faute. Si les autres, en face, lui avaient donné l'argent qu'ils lui devaient...

— Vous n'avez pas été tentée de jeter ce tuyau ?

— J'ai essayé. Il m'a commandé de le laisser là. Ça lui servait de presse-papier. Je me souviens qu'il a ajouté que cela pourrait être utile si les cambrioleurs essayaient de pénétrer chez lui. C'est une drôle d'idée, car il y avait plein de fusils aux murs. Il les collectionnait.

— C'est vrai, monsieur le commissaire, que son neveu s'est tué ?

— C'est vrai.

— Vous pensez que c'est lui ? Encore un coup de blanc ? Moi, voyez-vous, comme je le disais à ma femme, les gens riches, je n'essaie pas de les comprendre. Ça ne pense pas, ça ne sent pas comme nous.

— Vous connaissiez les Vernoux ?

— Comme tout le monde, pour les avoir rencontrés dans la rue. J'ai entendu raconter qu'ils n'avaient plus d'argent, qu'ils en avaient même emprunté à leurs domestiques, et cela doit être vrai puisque le patron de Léontine ne recevait plus sa pension et qu'il ne pouvait pas la payer.

Sa femme lui faisait signe de moins parler. Il n'avait d'ailleurs pas grand-chose à dire mais il était heureux d'avoir de la compagnie et de voir en chair et en os le commissaire Maigret.

Celui-ci les quitta avec, dans la bouche, le goût aigrelet du vin blanc. Sur le chemin du retour, il trouva un peu d'animation. Des jeunes gens et des jeunes filles à vélo s'en retournaient vers la campagne. Des familles se dirigeaient lentement vers la ville.

Ils devaient être toujours réunis, au Palais, dans le bureau du juge. Maigret avait refusé de se joindre à eux, car il ne voulait pas influencer la décision qu'ils allaient prendre.

Décideraient-ils de clore l'instruction en considérant le suicide du docteur comme un aveu ?

C'était probable et, dans ce cas, Chabot garderait un remords toute sa vie.

Quand il atteignit la rue Clemenceau et qu'il plongea le regard dans la perspective de la rue de la République, il y avait presque de la foule, des gens se promenaient sur les deux trottoirs, d'autres sortaient du cinéma, et, à la terrasse du Café de la Poste, toutes les chaises étaient occupées. Le soleil prenait déjà les tons rougeâtres du couchant.

Il se dirigea vers la place Viète, passa devant la maison de son ami où il entrevit Mme Chabot derrière les vitres du premier étage. Rue Rabelais, des curieux stationnaient encore en face de chez les Vernoux mais, peut-être parce que la mort était passée par là, les gens se tenaient à distance respectueuse, la plupart sur le trottoir d'en face.

Maigret se répéta encore une fois que cette affaire ne le regardait pas, qu'il avait un train à prendre le soir même, qu'il risquait de mécontenter tout le monde et de se brouiller avec son ami.

Après quoi, incapable de résister, il tendit la main vers le marteau de la porte. Il dut attendre longtemps, sous les regards des promeneurs, entendit enfin des pas et le maître d'hôtel entrouvrit le battant.

— Je voudrais voir M. Hubert Vernoux.

— Monsieur n'est pas visible.

Maigret était entré sans y être invité. Le hall restait dans la pénombre. On n'entendait aucun bruit.

— Il est dans son appartement ?

— Je crois qu'il est couché.

— Une question : les fenêtres de votre chambre donnent-elles sur la rue ?

Le maître d'hôtel parut gêné, parla bas.

— Oui. Au troisième. Ma femme et moi couchons dans les mansardes.

— Et vous pouvez voir la maison d'en face ?

Alors qu'ils n'avaient rien entendu, la porte du salon s'ouvrit et Maigret reconnut dans l'entrebâillement la silhouette de la belle-sœur.

— Qu'est-ce que c'est, Arsène ?

Elle avait vu le commissaire mais ne lui adressait pas la parole.

— Je disais à Monsieur Maigret que Monsieur n'est pas visible.

Elle finit par se tourner vers lui.

— Vous vouliez parler à mon beau-frère ?

Elle se résignait à ouvrir la porte plus grande.

— Entrez.

Elle était seule dans le vaste salon aux rideaux fermés ; une seule lampe était allumée sur un guéridon. Il n'y avait aucun livre ouvert, aucun journal, aucun travail de couture ou autre. Elle devait être assise là, à ne rien faire, quand il avait soulevé le marteau.

— Je peux vous recevoir à sa place.

— C'est lui que je désire voir.

— Même si vous allez chez lui, il ne sera probablement pas en état de vous répondre.

Elle marcha vers la table où se trouvaient un certain nombre de bouteilles, en saisit une qui avait contenu du marc de Bourgogne et qui était vide.

— Elle était à moitié pleine à midi. Il n'est pas resté un quart d'heure dans cette pièce alors que nous étions encore à table.

— Cela lui arrive souvent ?

— Presque tous les jours. Maintenant, il va dormir jusque cinq ou six heures et il aura alors les yeux troubles. Ma sœur et moi avons essayé d'enfermer les bouteilles, mais il trouve le moyen de s'arranger. Il vaut mieux que cela se passe ici que dans Dieu sait quel estaminet.

— Il fréquente parfois les estaminets ?

— Comment voulez-vous que nous le sachions ? Il sort par la petite porte, à notre insu, et quand, après, on lui voit ses gros yeux, quand il commence à bégayer, on sait ce que cela signifie. Il finira comme son père.

— Il y a longtemps que cela a commencé ?

— Des années. Peut-être buvait-il avant aussi et cela lui faisait-il moins d'effet ? Il ne paraît pas son âge, mais il a quand même soixante-sept ans.

— Je vais demander au maître d'hôtel de me conduire chez lui.

— Vous ne voulez pas revenir plus tard ?

— Je repars pour Paris ce soir.

Elle comprit qu'il était inutile de discuter, pressa un timbre. Arsène parut :

— Conduisez monsieur le commissaire chez Monsieur.

Arsène la regardait, surpris, avec l'air de lui demander si elle avait réfléchi.

— Il arrivera ce qu'il arrivera !

Sans le maître d'hôtel, Maigret se serait perdu dans les couloirs qui se croisaient, larges et sonores comme des couloirs de couvent. Il entrevit une cuisine où scintillaient des cuivres et où, comme au Gros-Noyer, une bouteille de vin blanc se trouvait sur la table, sans doute la bouteille d'Arsène.

Celui-ci ne semblait plus rien comprendre à l'attitude de Maigret. Après la question au sujet de sa chambre, il s'était attendu à un véritable interrogatoire. Or, on ne lui demandait rien.

Dans l'aile droite du rez-de-chaussée, il frappait à une porte de chêne sculpté.

— C'est moi, Monsieur ! disait-il en élevant la voix pour être entendu de l'intérieur.

Et, comme on percevait un grognement :

— Le commissaire, qui est avec moi, insiste pour voir Monsieur.

Ils restèrent immobiles pendant que quelqu'un

allait et venait dans la pièce et, finalement, entrou-
vrait la porte.

La belle-sœur ne s'était pas trompée en parlant des
gros yeux qui fixaient le commissaire avec une sorte
de stupeur.

— C'est vous ! balbutiait Hubert Vernoux, la
langue épaisse.

Il avait dû se coucher tout habillé. Ses vêtements
étaient fripés, ses cheveux blancs retombaient sur son
front et il y passa la main d'un geste machinal.

— Qu'est-ce que vous voulez ?

— Je désirerais un entretien avec vous.

C'était difficile de le mettre à la porte. Vernoux,
comme s'il n'avait pas encore bien repris ses sens,
s'effaçait. La pièce était très grande, avec un lit à
baldaquin en bois sculpté, très sombre, aux drape-
ries de soie passée.

Tous les meubles étaient anciens, plus ou moins
du même style, et faisaient penser à une chapelle ou
à une sacristie.

— Vous permettez ?

Vernoux pénétra dans une salle de bains, se fit couler un verre d'eau et se gargarisa. Quand il revint,
il était déjà un peu mieux.

— Asseyez-vous. Dans ce fauteuil si vous voulez. Vous avez vu quelqu'un ?

— Votre belle-sœur.

— Elle vous a dit que j'avais bu ?

— Elle m'a montré la bouteille de marc.

Il haussa les épaules.

— C'est toujours la même chanson. Les femmes
ne peuvent pas comprendre. Un homme à qui on
vient d'annoncer brutalement que son fils...

Un liquide embua ses yeux. Sa voix avait baissé d'un ton, pleurnicharde.

— C'est un coup dur, commissaire. Surtout quand on n'a que ce fils. Que fait sa mère ?

— Aucune idée...

— Elle va se porter malade. C'est son truc. Elle se porte malade et on n'ose plus rien lui dire. Vous comprenez ? Alors, sa sœur la remplace : elle appelle ça prendre la maison en main...

Il faisait penser à un vieux comédien qui veut coûte que coûte émouvoir. Dans son visage un peu gonflé, les traits changeaient d'expression à une vitesse étonnante. En quelques minutes, ils avaient successivement exprimé l'ennui, une certaine crainte, puis la douleur paternelle, l'amertume à l'égard des deux femmes. Maintenant la crainte revenait à la surface.

— Pourquoi avez-vous tenu à me voir ?

Maigret, qui ne s'était pas assis dans le fauteuil qu'on lui avait désigné, tira le morceau de tuyau de sa poche et le posa sur la table.

— Vous alliez souvent chez votre beau-frère ?

— Environ une fois par mois, pour lui porter son argent. Je suppose qu'on a appris que je lui passais de quoi vivre ?

— Vous avez donc aperçu ce morceau de tuyau sur son bureau ?

Il hésita, comprenant que la réponse à cette question était capitale, et aussi qu'il lui fallait prendre une décision rapide.

— Je crois que oui.

— C'est le seul indice matériel qu'on possède dans cette affaire. Jusqu'ici, on ne paraît pas en avoir compris toute la signification.

Il s'asseyait, tirait sa pipe de sa poche et la bourrait. Vernoux restait debout, les traits tirés comme par un violent mal de tête.

— Vous avez un instant à me consacrer ?

Sans attendre la réponse, il enchaînait :

— On a affirmé que trois crimes étaient plus ou moins identiques sans remarquer que le premier est, en fait, complètement différent des autres. La veuve Gibon, comme Gobillard, ont été tués de sang-froid, avec préméditation. L'homme qui a sonné à la porte de l'ancienne sage-femme venait là pour tuer et l'a fait sans attendre, dans le corridor. Sur le seuil, il avait déjà son arme à la main. Quand, deux jours plus tard, il a attaqué Gobillard, il ne visait peut-être pas celui-ci en particulier, mais il était dehors pour tuer. Vous comprenez ce que je veux dire ?

Vernoux, en tout cas, faisait un effort, presque douloureux, pour deviner où Maigret essayait d'en arriver.

— L'affaire Courçon est différente. En entrant chez lui, le meurtrier n'avait pas d'armes. Nous pouvons en déduire qu'il ne venait pas avec des intentions homicides. Quelque chose s'est produit, qui l'a poussé à son geste. Peut-être l'attitude de Courçon, souvent provocante, peut-être même, de sa part, un geste menaçant ?

Maigret s'interrompit pour frotter une allumette et tirer sur sa pipe.

— Qu'est-ce que vous en pensez ?

— De quoi ?

— De mon raisonnement.

— Je croyais cette histoire terminée.

— Même à supposer qu'elle le soit, j'essaie de comprendre.

— Un fou ne doit pas s'embarrasser de ces considérations.

— Et s'il ne s'agissait pas d'un fou, en tout cas pas d'un fou dans le sens que l'on donne d'habitude à ce mot ? Suivez-moi encore un instant. Quelqu'un se rend chez Robert de Courçon, le soir, sans se cacher, puisqu'il n'a pas encore de mauvaises intentions, et, pour des raisons que nous ignorons, est amené à le tuer. Il ne laisse aucune trace derrière lui, emporte l'arme, ce qui indique qu'il ne veut pas se laisser prendre.

» Il s'agit donc d'un homme qui connaît la victime, qui a l'habitude d'aller la voir à cette heure-là.

» C'est fatalement dans cette direction que la police cherchera.

» Et il y a toutes les chances pour qu'elle arrive au coupable.

Vernoux le regardait avec l'air de réfléchir, de peser le pour et le contre.

— Supposons maintenant qu'un autre crime soit commis, à l'autre bout de la ville, sur une personne qui n'a rien à voir avec l'assassin ni avec Courçon. Que va-t-il arriver ?

L'homme ne réprima pas tout à fait un sourire. Maigret poursuivit :

— On ne cherchera plus *nécessairement* parmi les relations de la première victime. L'idée qui viendra à l'esprit de chacun est qu'il s'agit d'un fou.

Il prit un temps.

— C'est ce qui s'est produit. Et l'assassin, par surcroît de précaution, pour consolider cette hypothèse de folie, a commis un troisième crime, dans la rue, cette fois, sur la personne du premier ivrogne

175

venu. Le juge, le procureur, la police s'y sont laissé prendre.

— Vous pas ?

— Je n'ai pas été le seul à ne pas y croire. Il arrive que l'opinion publique se trompe. Souvent aussi, elle a le même genre d'intuition que les femmes et les enfants.

— Vous voulez dire qu'elle a désigné mon fils ?

— Elle a désigné cette maison.

Il se leva, sans insister, se dirigea vers une table Louis XIII qui servait de bureau et sur laquelle du papier à lettre était posé sur un sous-main. Il en prit une feuille, tira un papier de sa poche.

— Arsène a écrit, laissa-t-il tomber négligemment.

— Mon maître d'hôtel ?

Vernoux se rapprocha vivement et Maigret remarqua que, malgré sa corpulence, il avait la légèreté fréquente à certains gros hommes.

— Il a envie d'être questionné. Mais il n'ose pas se présenter de lui-même à la police ou au Palais de Justice.

— Arsène ne sait rien.

— C'est possible, encore que sa chambre donne sur la rue.

— Vous lui avez parlé ?

— Pas encore. Je me demande s'il vous en veut de ne pas lui payer ses gages et de lui avoir emprunté de l'argent.

— Vous savez cela aussi ?

— Vous n'avez rien à me dire, vous, Monsieur Vernoux ?

— Qu'est-ce que je vous dirais ? Mon fils...

176

— Ne parlons pas de votre fils. Je suppose que vous n'avez jamais été heureux ?

Il ne répondit pas, fixa le tapis à ramages sombres.

— Tant que vous aviez de l'argent, les satisfactions de vanité ont pu vous suffire. Après tout, vous étiez le riche-homme de l'endroit.

— Ce sont des questions personnelles qu'il me déplaît d'aborder.

— Vous avez perdu beaucoup d'argent, ces dernières années ?

Maigret prit un ton plus léger, comme si ce qu'il disait n'avait pas d'importance.

— Contrairement à ce que vous pensez, l'enquête n'est pas finie et l'instruction reste ouverte. Jusqu'ici, pour des raisons qui ne me regardent pas, les recherches n'ont pas été conduites selon les règles. On ne pourra pas s'empêcher plus longtemps d'interroger vos domestiques. On voudra aussi mettre le nez dans vos affaires, examiner vos relevés de banque. On apprendra, ce que tout le monde soupçonne, que, depuis des années, vous luttez en vain pour sauver les restes de votre fortune. Derrière la façade il n'y a plus rien, qu'un homme traité sans ménagements par sa famille elle-même, depuis qu'il n'est plus capable de faire de l'argent.

Hubert Vernoux ouvrit la bouche. Maigret ne le laissa pas parler.

— On fera aussi appel à des psychiatres.

Il vit son interlocuteur relever la tête d'un geste brusque.

— J'ignore quelle sera leur opinion. Je ne suis pas ici à titre officiel. Je repars pour Paris ce soir et mon ami Chabot garde la responsabilité de l'instruction.

» Je vous ai dit tout à l'heure que le premier crime

n'était pas nécessairement l'œuvre d'un fou. J'ai ajouté que les deux autres avaient été commis dans un but précis, à la suite d'un raisonnement assez diabolique.

» Or, cela ne me surprendrait pas que les psychiatres prennent ce raisonnement-là comme un indice de folie, d'une sorte de folie particulière, et plus courante qu'on ne croit, qu'ils appellent paranoïa.

» Vous avez lu les livres que votre fils doit avoir dans son cabinet ?

— Il m'est arrivé d'en parcourir.

— Vous devriez les relire.

— Vous ne prétendez pas que j'ai...

— Je ne prétends rien. Je vous ai vu hier jouer aux cartes. Je vous ai vu gagner. Vous devez être persuadé que vous gagnerez cette partie-ci de la même manière.

— Je ne joue aucune partie.

Il protestait mollement, flatté, au fond, que Maigret s'occupe autant de lui et rende un hommage indirect à son habileté.

— Je tiens à vous mettre en garde contre une faute à ne pas commettre. Cela n'àrrangerait rien, au contraire, qu'il y ait un nouveau carnage, ou même un seul crime. Vous comprenez ce que je veux dire ? Ainsi que le soulignait votre fils, la folie a ses règles, sa logique.

Une fois de plus, Vernoux ouvrait la bouche et le commissaire ne le laissait toujours pas parler.

— J'ai terminé. Je prends le train de neuf heures et demie et je dois aller boucler ma valise avant le dîner.

Son interlocuteur, dérouté, déçu, le regardait sans

plus comprendre, faisait un geste pour le retenir, mais le commissaire se dirigeait vers la porte.

— Je trouverai mon chemin.

Il y mit un certain temps, puis retrouva la cuisine d'où Arsène jaillit, l'œil interrogateur.

Maigret ne lui dit rien, suivit le couloir central, ouvrit lui-même la porte que le maître d'hôtel referma derrière lui.

Il n'y avait plus, sur le trottoir d'en face, que trois ou quatre curieux obstinés. Est-ce que, ce soir, le comité de vigilance allait continuer ses patrouilles ?

Il faillit se diriger vers le Palais de Justice où la réunion se poursuivait probablement, décida de faire comme il l'avait annoncé et d'aller boucler sa valise. Après quoi, dans la rue, il eut envie d'un verre de bière et s'assit à la terrasse du Café de la Poste.

Tout le monde le regardait. On parlait à voix plus basse. Certains se mettaient à chuchoter.

Il but deux grands demis, lentement, en les savourant, comme s'il eût été à une terrasse des Grands Boulevards, et des parents s'arrêtaient pour le désigner à leurs enfants.

Il vit passer Chalus, l'instituteur, en compagnie d'un personnage ventru à qui il racontait une histoire en gesticulant. Chalus ne vit pas le commissaire et les deux hommes disparurent au coin de la rue.

Il faisait presque noir et la terrasse s'était dégarnie quand il se leva péniblement pour se diriger vers la maison de Chabot. Celui-ci vint lui ouvrir, lui lança un regard inquiet.

— Je me demandais où tu étais.

— A une terrasse de café.

Il accrocha son chapeau au portemanteau, aperçut

la table dressée dans la salle à manger, mais le dîner n'était pas prêt et son ami le fit d'abord entrer dans son bureau.

Après un assez long silence, Chabot murmura sans regarder Maigret :

— L'enquête continue.

Il semblait dire :

« — Tu as gagné. Tu vois ! nous ne sommes pas si lâches que ça. »

Maigret ne sourit pas, fit un petit signe d'approbation.

— Dès à présent, la maison de la rue Rabelais est gardée. Demain, je procéderai à l'interrogatoire des domestiques.

— Au fait, j'allais oublier de te rendre ceci.

— Tu pars vraiment ce soir ?

— Il le faut.

— Je me demande si nous aboutirons à un résultat.

Le commissaire avait posé le tuyau de plomb sur la table, fouillait ses poches pour en tirer la lettre d'Arsène.

— Louise Sabati ? questionna-t-il.

— Elle paraît hors de danger. Cela l'a sauvée de vomir. Elle venait de manger et la digestion n'était pas commencée.

— Qu'est-ce qu'elle a dit ?

— Elle répond par monosyllabes.

— Elle savait qu'ils allaient mourir tous les deux ?

— Oui.

— Elle y était résignée ?

— Il lui a dit qu'on ne les laisserait jamais être heureux.

180

— Il ne lui a pas parlé des trois crimes ?

— Non.

— Ni de son père ?

Chabot le regarda dans les yeux.

— Tu crois que c'est lui ?

Maigret se contenta de battre les paupières.

— Il est fou ?

— Les psychiatres décideront.

— A ton avis ?

— Je répète volontiers que les gens sensés ne tuent pas. Mais ce n'est qu'une opinion.

— Peut-être pas très orthodoxe ?

— Non.

— Tu parais soucieux.

— J'attends.

— Quoi ?

— Qu'il se passe quelque chose.

— Tu crois qu'il se passera quelque chose aujourd'hui ?

— Je l'espère.

— Pourquoi ?

— Parce que j'ai rendu visite à Hubert Vernoux.

— Tu lui as dit...

— Je lui ai dit comment et pourquoi les trois crimes ont été commis. Je lui ai laissé entendre comment l'assassin devait normalement réagir.

Chabot, si fier tout à l'heure de la décision qu'il avait prise, se montrait à nouveau effrayé.

— Mais... dans ce cas... tu n'as pas peur que...

— Le dîner est servi, vint annoncer Rose, tandis que Mme Chabot, qui se dirigeait vers la salle à manger, leur souriait.

# 9

## *La fine Napoléon*

Une fois de plus, à cause de la vieille dame, il
fallait se taire, ou plutôt ne parler que de choses et
d'autres, sans rapport avec leurs préoccupations, et,
ce soir-là, il fut question de cuisine, en particulier
de la façon de préparer le lièvre à la royale.

Mme Chabot avait fait à nouveau des profiterolles
et Maigret en mangea cinq, écœuré, le regard sans
cesse fixé sur les aiguilles de la vieille horloge.

A huit heures et demie, il ne s'était encore rien
produit.

— Tu n'es pas pressé. J'ai commandé un taxi qui
passera d'abord par l'hôtel pour prendre tes bagages.

— Il faut, de toute façon, que j'aille là-bas pour
régler ma note.

— J'ai téléphoné qu'on la mette sur mon compte.
Cela t'apprendra à ne pas descendre chez nous
quand, une fois tous les vingt ans, tu daignes venir
à Fontenay.

On servit le café, la fine. Il accepta un cigare,

parce que c'était la tradition et que la mère de son ami n'aurait pas été contente qu'il refuse.

Il était neuf heures moins cinq et la voiture ronronnait devant la porte, le chauffeur attendait, quand la sonnerie du téléphone résonna enfin.

Chabot se précipita, décrocha.

— C'est moi, oui... Comment ?... Il est mort ?... Je ne vous entends pas, Féron... Parlez moins fort... Oui... Je viens immédiatement... Qu'on le transporte à l'hôpital, cela va de soi...

Il se tourna vers Maigret.

— Je dois monter tout de suite là-haut. Il est indispensable que tu rentres cette nuit ?

— Sans faute.

— Je ne vais pas pouvoir t'accompagner à la gare.

A cause de sa mère, il n'en disait pas plus, saisissait son chapeau, son manteau de demi-saison.

Sur le trottoir seulement, il murmura :

— Il y a eu une scène atroce chez les Vernoux, Hubert Vernoux, ivre mort, s'est mis à tout casser dans sa chambre et, à la fin, déchaîné, s'est entaillé le poignet avec son rasoir.

Le calme du commissaire le surprit.

— Il n'est pas mort, poursuivait Chabot.

— Je sais.

— Comment le sais-tu ?

— Parce que ces gens-là ne se suicident pas.

— Son fils, pourtant...

— Va. On t'attend.

La gare n'était qu'à cinq minutes. Maigret se rapprocha du taxi.

— Nous avons juste le temps, dit le chauffeur.

Le commissaire se tourna une dernière fois vers

184

son ami qui paraissait désemparé au milieu du trottoir.

— Tu m'écriras.

Ce fut un voyage monotone. A deux ou trois gares, Maigret descendit pour boire un verre d'alcool et finit par s'assoupir, vaguement conscient, à chaque arrêt, des cris du chef de gare et du grincement des chariots.

Il arriva à Paris au petit jour et un taxi le conduisit chez lui où d'en bas il sourit à la fenêtre ouverte. Sa femme l'attendait sur le palier.

— Pas trop fatigué ? Tu as dormi un peu ?

Il but trois grandes tasses de café avant de se détendre.

— Tu prends un bain ?

Bien sûr qu'il allait en prendre un ! C'était bon de retrouver la voix de Mme Maigret, l'odeur de l'appartement, les meubles et les objets à leur place.

— Je n'ai pas bien compris ce que tu m'as dit au téléphone. Tu t'es occupé d'une affaire ?

— Elle est finie.

— Qu'est-ce que c'était ?

— Un type qui ne se résignait pas à perdre.

— Je ne comprends pas.

— Cela ne fait rien. Il y a des gens qui, plutôt que de dégringoler la pente, sont capables de n'importe quoi.

— Tu dois savoir ce que tu dis, murmura-t-elle philosophiquement, sans plus s'en préoccuper.

A neuf heures et demie, dans le bureau du chef, on le mettait au courant de la disparition de la fille du sénateur. C'était une vilaine histoire, avec réunions plus ou moins orgiaques dans une cave et stupéfiants à la clef.

— Il est à peu près certain qu'elle n'est pas partie de son plein gré et il y a peu de chances qu'on l'ait enlevée. Le plus probable, c'est qu'elle aura succombé à une dose trop forte de drogue et que ses amis, affolés, auront fait disparaître le cadavre.

Maigret copia une liste de noms, d'adresses.

— Lucas en a déjà entendu quelques-uns. Jusqu'ici, personne ne se décide à parler.

N'était-ce pas son métier de faire parler les gens ?

— Bien amusé ?

— Où ça ?

— A Bordeaux.

— Il a plu tout le temps.

Il ne parla pas de Fontenay. Il eut à peine le temps d'y penser, pendant trois jours, qu'il passa à confesser de jeunes imbéciles qui se croyaient malins.

Puis, dans son courrier, il trouva une lettre qui portait le cachet de Fontenay-le-Comte. Par les journaux, il connaissait déjà, en gros, l'épilogue de l'affaire.

Chabot, de son écriture nette et serrée, un peu pointue, qu'on aurait pu prendre pour une écriture de femme, lui fournissait les détails.

*« A un moment donné, peu après ton départ de la rue Rabelais, il s'est glissé dans la cave et Arsène l'a vu remonter avec une bouteille de fine Napoléon qu'on gardait dans la famille Courçon depuis deux générations. »*

Maigret ne put s'empêcher de sourire. Hubert Vernoux, pour sa dernière ivresse, ne s'était pas contenté de n'importe quel alcool ! Il avait choisi ce qu'il y avait de plus rare dans la maison, une bouteille vénérable qu'on conservait un peu comme un gage de noblesse.

« Quand le maître d'hôtel est venu lui annoncer que le dîner était servi, il avait déjà les yeux hagards, bordés de rouge. Avec un grand geste théâtral, il lui a commandé de le laisser seul, lui a crié :

— Que les garces dînent sans moi !

Elles se sont mises à table. Environ dix minutes plus tard, on a entendu des bruits sourds qui provenaient de son appartement. On a envoyé Arsène voir ce qui se passait, mais la porte était fermée à clef, et Vernoux était en train de briser tout ce qui lui tombait sous la main en hurlant des obscénités.

C'est sa belle-sœur, quand on lui a rendu compte de ce qui arrivait, qui a suggéré :

— La fenêtre...

Elles ne se sont pas dérangées, sont restées assises dans la salle à manger pendant qu'Arsène gagnait la cour. Une fenêtre était entrouverte. Il a écarté les rideaux. Vernoux l'a vu. Il avait déjà un rasoir à la main.

Il a crié à nouveau qu'on le laisse seul, qu'il en avait assez et, d'après Arsène, a continué à employer des mots orduriers qu'on ne l'avait jamais entendu prononcer.

Comme le maître d'hôtel appelait à l'aide, car il n'osait pas pénétrer dans la chambre, l'autre s'est mis à se taillader le poignet. Le sang a giclé. Vernoux l'a regardé avec épouvante, et, dès lors, il s'est laissé faire. Quelques instants plus tard, il tombait, tout mou, sur le tapis, évanoui.

Depuis, il se refuse à répondre aux questions. A l'hôpital, le lendemain, on l'a trouvé occupé à éventrer son matelas et on a dû l'enfermer dans une cellule capitonnée.

Desprez, le psychiatre, est venu de Niort l'examiner une première fois : il aura, demain, une consultation avec un spécialiste de Poitiers.

D'après Desprez, la folie de Vernoux ne fait guère de doute, mais il préfère, à cause du retentissement de l'affaire dans le pays, prendre toutes ses précautions.

J'ai délivré le permis d'inhumer pour Alain. Les obsèques ont lieu demain. La fille Sabati est toujours à l'hôpital et va tout à fait bien. Je ne sais qu'en faire. Son père doit travailler quelque part en France sans qu'on parvienne à mettre la main dessus. Je ne peux pas la renvoyer dans son logement, car elle a encore des idées de suicide.

Ma mère parle de la prendre comme bonne à la maison afin de soulager un peu Rose qui se fait vieille. Je crains que les gens... »

Maigret n'eut pas le temps de lire la lettre jusqu'au bout ce matin-là, car on lui amenait un témoin important. Il la fourra dans sa poche. Ce qu'il en advint, il ne le sut jamais.

— Au fait, annonça-t-il le soir à sa femme, j'ai reçu des nouvelles de Julien Chabot.

— Qu'est-ce qu'il dit ?

Il chercha la lettre, ne la trouva pas. Elle avait dû sortir de sa poche alors qu'il en retirait son mouchoir ou sa blague à tabac.

— Ils vont engager une nouvelle bonne.

— C'est tout ?

— A peu près.

188

Ce fut longtemps après qu'en se regardant dans la glace d'un œil inquiet, il murmura :

— Je l'ai trouvé vieilli.

— De qui parles-tu ?

— De Chabot.

— Quel âge a-t-il ?

— Mon âge à deux mois près.

Mme Maigret mettait de l'ordre dans la pièce, comme toujours avant d'aller se coucher.

— Il aurait mieux fait de se marier, conclut-elle.

*Shadow Rock Farm, Lakeville (Connecticut), 27 mars 1953.*

Composition réalisée par JOUVE

Achevé d'imprimer en avril 2006 en Espagne par
LIBERDÚPLEX
Sant Llorenç d'Hortons (08791)
N° d'éditeur : 73397
Dépôt légal 1ère publication : mai 2006
Edition 02 - avril 2006
LIBRAIRIE GÉNÉRALE FRANÇAISE - 31 rue de Fleurus - 75278 Paris Cedex 06